Entre o trem e a plataforma

Copyright © 2012 Lucimar Mutarelli

Todos os direitos reservados. Nenhuma parte desta obra pode ser reproduzida ou transmitida por qualquer forma ou meio eletrônico ou mecânico, inclusive fotocópia, gravação ou sistema de armazenagem e recuperação de informação, sem a permissão escrita do editor.

Direção editorial
Jiro Takahashi

Editora
Luciana Paixão

Editora assistente
Anna Buarque

Preparação de texto
Fernanda Iema

Revisão
José Eriberto

Arte
Marcos Gubiotti

Ilustração de capa: Lourenço Mutarelli

CIP-Brasil. Catalogação na fonte
Sindicato Nacional dos Editores de Livros, RJ

M985e   Mutarelli, Lucimar
            Entre o trem e a plataforma / Lucimar Mutarelli. – São Paulo: Prumo, 2012.
            160p.: 21 cm

            ISBN 978-85-7927-187-8

            1. Ficção brasileira. I. Título.

12-1970.   CDD: 869.93
                                                                 CDU: 821.134.3(81)-3

Direitos de edição: Editora Prumo Ltda.
Rua Júlio Diniz, 56 – 5º andar – São Paulo – SP – CEP: 04547-090
Tel.: (11) 3729-0244 – Fax: (11) 3045-4100
E-mail: contato@editoraprumo.com.br
Site: www.editoraprumo.com.br

Lucimar Mutarelli

Entre o trem e a plataforma

PRUMO
lela

Para Felipe Hirsch

Sumário

Agradecimentos	9
Prefácio por Marcelino Freire	11
Prólogo	17
Embrulhada pra presente	19
Sincronia	21
Bala de papel	33
Entre o trem e a plataforma	37
Belém, belém, nunca mais fico de bem	41
Ausência	45
Tudo é ficção	49
Medidas	53
Páginas vazias	55
Hoje não tem biscoito da sorte	57
Das notas	61
Malcriada	63
Linha cruzada	65
Direita para quem olha, esquerda para quem vê	67
Menina-botão	69
Prêmio simpatia	71
Acenos	75
Cena de cinema	79
Gulodices	81
Fim de semana na praia	83
Bônus	87

Facilidades	89
Eu tenho medo do vão	93
Minha vez de jogar	95
Sobre o vestido vermelho	97
O primeiro pecado	99
Água suja é bom	101
Jogo da memória	103
Para quem sabe rimar lé com cré	105
Dos sonhos	107
Próxima estação	109
Sobre as cores	111
Insolação	113
Passa a morte que eu tô forte	115
Laudo médico	117
Intervalo	119
Parte dele	121
Bailarino	123
A máquina que produzia o cotidiano	129
"Ele não foi, não ligou e nem mandou presente"	131
A parte do clipe	133
Das revelações	135
"Parabéns pra você..."	137
"Agora e na hora de nossa morte!"	139
"O Ministério da Defesa adverte:"	141
Sandália com meia	143
Aparte	145
O tombo	147
Epílogo	151

Agradecimentos

A Lourenço e Francisco, sempre.

A Mitie, Ana e Jean pelos cadernos.

A Takai pelo incentivo e alegria de todos os dias.

A Daniel Lameira por me apresentar autores que me fizeram voltar a escrever.

A Roberta Bento pela confiança.

A Sabrina Greve por seu olhar.

A Marcelino Freire pela generosidade.

A Rodrigo Teixeira pelo apoio aos sonhadores...

♪ Anotações sobre ou sob
Por Marcelino Freire

Faz tempo que não enxergo a minha letra. No caderninho, anoto: *Prefácio para o livro de Lucimar.*

Minha letra ganhou uma velocidade elétrica. Retorcida. Às vezes, nem eu entendo para onde ela vai.

Aos solavancos, vai.

Leio: *Lucimar escreve friamente.*

O que eu quis dizer com isto? Relembro: ela consegue ganhar distância do personagem. Alguns metros além. Ela sobrevoa a vida de Laura, a protagonista de seu romance de estreia.

Morcega-se.

Foi este verbo mesmo que empreguei? Faço confusão no caderninho, em que também anotei: *Eu não estou morto. Eu só estou morrendo.*

Frase recente esta, que ouvi da boca do ator Paulo José. Dita no filme que Lucimar exibiu em sua casa, com direito a coxinhas de frango.

O filme: *Insolação*.

Os diretores: Felipe Hirsch e Daniela Thomas.

Película de onde a autora diz ter tirado a inspiração para este seu originalíssimo *Entre o trem e a plataforma*.

Isto: *entre*.

Lucimar escreve *entre*, na costura de duas e mais partes. Vagando entre os vagões.

Explico: não explico.

Viajo.

O médico de Lucimar (ou de Laura) disse que seria bom para a saúde dela escrever. Registrar suas impressões. Coisas aleatórias. Do verso para a prosa.

Dentro ou fora dos trilhos.

Este livro foi escrito, de verdade, durante viagens de metrô. Ora subterrâneo. Ora na superfície. Escuridão e sol. Lento e violento. Indo e vindo. Saindo de uma linha para a outra.

Escrevi: *Lucimar inaugura o romance-bilhete-único.*

Reli esta definição. Não gostei. Achei-a forçada. Trocadilho apressado.

Na outra folha, minha letra falha, mas eu entendo a mensagem: *Lucimar nos dá uma única passagem. Quer ir para o inferno? Vá. Para o céu, é só embarcar.*

Acompanhamos a vida de Laura. Sem vida. Melancolicamente sem saída. *Nada no bolso ou nas mãos.*

Nada, do verbo nadar.

Escrevo em outro lugar: *nada anda.*

Desse poeminha concreto quem me falou dele foi o artista plástico Daniel Scandurra.

Asterisco-me.

*Sofro de ausên*cia. Lucimar Mutarelli não está onde a gente pensa. Seu pensamento de escritora sempre em movimento.

Para cá e para.

Ela é, sobretudo, uma poeta. Emite sinais curtos. Agudos. Cheios de dor. Um romance assim. *Fechado por motivo de luto.* Um romance assim. De amor. *Fechado para balanço.*

Balança.

E minha letra treme e dança.

Outra frase, perdida: *Não acredite no livro que você lê.*

A boa literatura é aquela que nos tira o chão, a razão. Aquela que nos desgoverna. Descarrila.

Rodopia na curva.

Sem direção.

Faz tempo eu não lia um livro passado, assim, em catracas, seguindo passageiros ensimesmados, gente subindo escadas, janelas metroviárias, multidão de famílias. Essa infelicidade de cidade. Particularmente em crise.

Laura anota desabafos, listas. Abre as portas de seu apartamento, minúsculo. De seu coração, ferido.

Páginas de um diário guiado pelo silêncio que fazemos. Olhando, ao redor, essa paisagem vazia. De nosso dia a dia. Sem fim.

Leia-se: *Fim*.

Hora de descer.

Eu prefiro o inferno.

Mas o seu destino, leitor, você é quem escreve. É você quem deve escolher.

Fui.

"Deus nos persegue e nos imprensa num canto. Deus nos pisoteia com seu pezão de botas, para nos obliterar. Mas há uma saída. Lembrem-se, crianças, há sempre uma saída. Se a gente conseguir fazer-se pequena o bastante, feito um verme."

A filha do coveiro – Joyce Carol Oates

Prólogo

Engasgo.
Quando eu engasgo, eu choro pelo olho direito.
Este sonho eu tenho que contar:
Acordo numa cama de hospital com uma ferida na cabeça.
Sento e olho em torno tentando reconhecer alguém.
Levanto e percebo que tenho que sair dali sem ser notada.
Já na rua ando por uma calçada muito larga, parece que estou no bairro onde cresci.
Um homem muito grande e forte com cara de mau diz que não posso andar daquele lado da rua.
Fala que pertence a alguém que eu deveria conhecer.
Atravesso sem olhar para os dois lados, pensando que deve ser um novo tipo de roubo.
Através da intimidação sinto um medo absurdo. Muito medo.
Do outro lado também há um guardião do pedaço, só que ele é quase uma criança.
É um menino magro.
Tento desviar dele e acabo entrando num labirinto.
Ele me segue rindo.
No final do labirinto tem uma porta fechada.
Tenho que retornar.
Os dois me esperam.
Riem.

Me levam para dentro de uma casa, um galpão onde acontece uma festa.

Continuo com a mesma preocupação de encontrar alguém que eu conheça.

Sem que ninguém fale nada, entendo que preciso participar da farsa.

Tento não chamar atenção para mim.

Em um momento em que as pessoas estão distraídas com um tipo de telão na parede, aproveito para agarrar pela cintura uma mulher que, na simulação deles, é minha mãe, só que ela é jovem e bonita.

Ela usa um vestido vermelho.

Eu a agarro pelas costas, segurando a sua cintura e a deito no meu ombro esquerdo.

Bato a cabeça dela com muita força, atrás de mim.

Ninguém percebe o que acabou de acontecer.

Continuo festejando com o grupo quando algumas pessoas notam o corpo dela caído, eu finjo que estou horrorizada também.

Mas ela não morreu.

Ela abre os olhos e olha pra mim.

Ela sangra.

Ela senta no chão e aponta na minha direção.

Homens vêm andando para o meu lado.

Um deles tem uma cadeira na mão esquerda.

Fecho os olhos para não sentir o golpe.

Acordo no mesmo hospital.

Passo a mão na cabeça que está ferida.

Sinto o sangue.

Engasgo.

♫ Embrulhada pra presente

Capricho na data ao usar a primeira folha do diário. Mamãe mandou entregar em casa. Com papel de presente e tudo. O médico disse que seria bom se eu pudesse escrever. Registrar impressões, sonhos, lembranças, tudo que quiser. Mamãe se sentiu culpada. Finge que ajuda, que se preocupa.
Estou no metrô.
Ele sorri pra mim.
"Olá!
Desculpe! Pensei que fosse outra pessoa..."
Ele falou comigo assim: "outra pessoa...".
Não consigo nem ser esta, como teria condições de ser outra?
O livrinho diz: "apaixone-se por você". Eu não me interesso por mim. Não me sirvo de paixão. Busco a paixão do outro.
O médico disse para ser aleatória.
"versos e prosas"
Pela primeira vez Felipe entra no quarto de Laura.
Essa é a primeira página do seu diário.
Laura está deitada com a barriga pra baixo, virada para o lado direito. Esquerdo para quem olha. A mão esquerda repousa próxima ao rosto e a direita está oculta, sob seu tronco. Suas pernas formam o número quatro ao contrário. Se olharmos rapidamente, podemos dizer que ela está dormindo, mas Felipe sabe que Laura está morta.

Do lado direito, no chão, há um montinho de roupas. Em cima, o vestido vermelho. Cuidadosamente dobrado. Como alguém que prepara a roupa que vai usar no dia seguinte.

Abaixa a cabeça e fecha os olhos.

♫ Sincronia

Ela quer repetir todos os movimentos do dia anterior. Faz o sinal da cruz de forma mecânica. Não acredita que está protegida mas não sai da cama sem ele. Senta na beirada da cama e encara o vestido vermelho. Esperava ter mais sorte com ele. Pisa no vestido e vai descalça para o banheiro. Se ainda morasse com a mãe seria reprimida.

No banheiro, olha para o pequeno e redondo espelho que gira em várias direções. Analisa a mancha vermelha dentro do lábio inferior. Foi um ótimo tombo. Se os óculos tivessem quebrado poderia ter ficado cega desse olho, o médico disse.

Laura mora em um pequeno apartamento no centro comprado por sua mãe. Se nos esforçarmos um pouco podemos visualizá-la recolhendo as roupas do chão e colocando na máquina de lavar. Vai acumulando durante a semana e no sábado lava tudo de uma vez só. Mistura brancas e coloridas. Roupa de baixo com roupa de cima. Faz isso só para irritar sua mãe.

Se diverte com as pequenas tarefas domésticas. Brinca de casinha.

Passa o fio dental, escova todos os dentes, fio dental de novo. Sempre que tem dentista ela capricha na escovação. Não gosta de levar bronca. Seu dentista fala com ela usando timbre infantil. Repreende sua higiene bucal. Sempre. Nunca acerta.

Ela não ganha a cartela de adesivos que ele oferece às crianças após o pequeno martírio. Ela diz que ele deveria oferecer balas e chicletes para garantir o próximo cliente. Ele ri alto e diz: "ai, Laura, só você mesmo". Ela repara nos seus dentes limpos e brancos. Ele não deve comer nada. Acho que passa o dia escovando os dentes.

Para na cozinha, abre a geladeira em busca do café da manhã. Sente dor nas costas. O tombo foi feio. Não quer ir ao médico, mas se a mãe souber vai obrigá-la.

Mamãe vai saber. Ela sempre sabe.

Não tem nada na geladeira que lhe convença a sujar mais pratos, copos e talheres. Mesmo que quisesse sujar teria que lavar um primeiro, porque estão todos dentro da pia. Toma somente um pouco de água direto da jarra. Assim não precisa escovar os dentes de novo.

Sai e para na porta do elevador. Volta. Decidiu levar uma blusa.

Já tentou contar quantos passos dá de sua casa ao metrô, mas nunca chega ao fim. Sempre lembra de alguma coisa que a distrai. Dessa vez foi uma propaganda que está passando muito na tevê.

No comercial, que oferece produtos de limpeza como drinques (2 em 1), você limpa toda a sua casa e, no final da faxina, coloca os pés na mesinha da sala e degusta o saboroso frescor de Limpex. Aquele que limpa por dentro e por fora.

Essa lembrança lhe traz outra. Na infância. Quando se trancava no banheiro e simulava formas de suicídio. Agora não vai mais brincar. Quer fazer pra valer. Acabar de vez com a brincadeira. Cansou. É a dona da bola. Não vai mais jogar.

Mas hoje não.

Ela ainda quer ver mais umas vezes o belo rapaz do metrô. Há dias que ela o vem perseguindo. Estuda horários e vagões.

Está seguindo seus passos. Até previsão do tempo ela começou a acompanhar. Ele é lindo. Ela se vê dando gritinhos, agitando as mãos para cima.

Parece galã de novela.

Parece não, ele é um galã de novela.

Chegou ao metrô sem saber quantos passos levou...

É no metrô que Laura escreve. Conselho de seu médico. Como ela se recusou a fazer terapia, ele pediu que ela escrevesse. Mamãe comprou os cadernos e mandou entregar em casa. Embrulhados pra presente

Durante as quatro estações que precisa percorrer, de segunda a sexta para ir e voltar do trabalho, Laura escreve.

Escreve melhor quando ele está no mesmo vagão. Escreve para que ele a observe e fique curioso em relação a ela, é um jeito de chamar a sua atenção, agradar ao médico e a mamãe.

"nada no bolso ou nas mãos"
quando a vida para você precisa andar
Não me sinto doente
Sofro de ausência
Às vezes, preciso esquecer de mim.
nos dias que não quero falar também não faço questão de escutar...
próxima estação

costureira na boca das crianças

palavras que saíram da tua boca

grita no metrô

ela grita no metrô

ela fala de tudo um pouco

ela cospe no chão sem pedir desculpas

mochila na janela

no vão do museu

não vai parar, não vai mudar

e eu aleatória

aleatoriamente "em versos e bocas"

"o que não tem sossego nem nunca terá"

finda a estação

finda a linha

consolação

Inventou um novo horóscopo baseado no tal rapaz que ela espera encontrar no metrô.
Se ele chega correndo, se está vestido de verde, azul ou branco, se está de mochila ou mala e se usa seu fone de ouvido ou não.
Faz previsões a partir dele.
Laura fantasia sua vida inteira.
Mentalmente escreve um roteiro para que ele atue.
Ela como mocinha.
Ele, seu herói.
Sua supervisora seria a vilã, e sua mãe, a sua mãe mesmo.
Ela não sabe ler os sinais. Não tem intuição.
Seus sentidos são péssimos. Todos. Enxerga mal. Tem dificuldade para ouvir. Não diferencia odores, e sua supervisora disse que seu paladar é pobre.
Mulher sem sentidos. Ri do que poderia ser o título dessa história que, como já sabemos, não termina bem.
A vida nunca acaba bem.
A vida sempre acaba.

No escritório o tempo passa como no cinema. Vê cenas acelerarem enquanto tem cinco textos enormes para datilografar. Seu almoço é em câmera lenta porque ela come muito rápido e fica sentada num sofá de dois lugares em frente a uma pequena televisão. Há também uma mesinha ao lado do sofá onde sempre encontra café, chá e água fresca. "Água fresca", fala alto, sozinha.
Pequenos estalos com a boca. Criança.
De volta a sua sala de trabalho percebemos que ela não está sozinha. Tem outras moças que trabalham com ela. São sessenta e quatro ao todo. Mais a encarregada que tem uma pequena sala no fim do corredor.

Eu me sento por um minuto ao lado da nossa protagonista. Sinto falta de um pouco de Limpex para beber.

O escritório em que ela trabalha é responsável por datilografar todos os manuscritos que são feitos no edifício. É uma forma limpa e correta de permitir que todos os textos sejam legíveis. Algumas pessoas têm letras codificadas. É aí que nossas meninas entram.

Todos os textos uniformes.

A letra bem preta sobre o papel bem branco. Quanto ao conteúdo? Não nos importa o conteúdo. Produzimos textos limpos e escritos na forma correta.

No final do expediente, um imenso relógio branco colocado acima da sala da supervisora informa que é hora de ir pra casa.

De segunda a quinta, todos devem se dirigir para casa, mas na sexta, obrigatoriamente, devem participar de alguma forma de diversão com os colegas de trabalho. Beber, dançar, ir ao cinema, teatro ou show.

Está no regulamento. É simples e funciona.

Quem desobedece recebe uma advertência. A cada três advertências o indivíduo recebe uma punição. Pode ficar uma, duas ou até três rodadas sem jogar. Pode passar todos os seus pontos para o adversário à sua direita, ter que prestar serviços voluntários para o jogador à esquerda ou mudar de grupo.

Tudo é julgado por um grupo de seres superiores que decidem as regras e as punições. Tudo funciona perfeitamente.

Laura pega sua bolsa, se vira para o corredor e esbarra numa colega.

A moça pronuncia as palavras de forma tão rápida que ela não tem tempo de ordená-las. Sorri e concorda com a cabeça.

No dia seguinte, em grupo, se preparando para entrar no escritório, Laura entendeu que se tratava de um passeio que fariam à praia no fim de semana.

Há dois meses evitava compromissos sociais e isso lhe geraria mais uma advertência. No novo sistema, se você afirma um compromisso, você tem que cumprir. Principal regra da boa convivência.

Mamãe e papai estão na cozinha. Sinto o cheiro do pão queimando. Levanto e procuro algo na escrivaninha. Dois pacotinhos pequenos me aguardam. Abro e descubro um saquinho de balas de goma e que vêm acompanhadas de um pozinho colorido. Juntos, na boca, explodem.

Passo pela porta de minhas irmãs e agradeço em silêncio. Sempre que elas saem de casa eu peço: "me traz uma coisa?" elas perguntam "o quê?". "Uma surpresa" – sempre respondo.

Tem dias que elas não trazem nada, dizem que é uma surpresa também.

Pego meus brindes e guardo na mala da escola. Sou uma criança obediente. Sei que não devo comer doces antes do café da manhã. Não conto as madrugadas que procuro uma lata de leite em pó que mamãe guarda na prateleira mais alta do guarda-comida.

Refazendo o percurso ao voltar para casa, Laura sempre se irrita. O metrô é lotado, ela não pode escrever nem observar o comportamento das pessoas.

Volta vazia. Não há nada para preencher seu caderninho.

Ao chegar em casa deita e dorme sem trocar de roupa. Hoje não queria parar. Gostaria de produzir o tempo todo.

Nunca sonha. Só tem pesadelos.

Acorda de madrugada, passa a limpo o texto que escreveu no metrô:

Não posso cair da cadeira hoje

Hoje não tem biscoito da sorte

Fechado para balanço

Fechado por motivo de luto

Hoje? Só amanhã

Tem, mas acabou

É o que temos pra hoje

Mais tarde talvez

Não há previsão de lançamento

Ela veio mas você não estava

Não deixou recado

As notícias não são boas

A gente combina

Fica pra outra semana

Então não, a próxima, a outra

Foi melhor assim

Não é um bom sinal

Passe amanhã

Amanhã

Passa na banca e adquire o Novo Manual de Conduta:

– Não acreditar no livro que lê

– Não ouvir a conversa dos vizinhos

– Esperar o elevador sem sorrir

– Não escrever pensamentos aleatórios

– Não brincar de roleta-russa

– Não desviar a atenção do motorista

– Não cantar, assoviar ou batucar nos transportes coletivos

– Não concordar com a cabeça

– Favor emitir opinião

– Não desviar os olhos

– Nunca pronunciar a palavra nunca

– Não desembarcar na estação errada

– Não errar o destino

– Não chegar cedo nem tarde demais

– Não manifestar interesse

– Não esperar pelo próximo

– Não se alimentar do outro

– Nada de cuspir orelhas na sala de jantar

O bebê cai do seu abraço. Era falso. Ela usava um boneco embrulhado para garantir os melhores lugares no metrô. Aquele senhor bondoso que me segue se abaixou e pegou o bebê. Entregou em silêncio. Algumas coisas é melhor não comentar. Como aquele dia que não corri para entrar no metrô e vi um cara se jogar no trilho. Não tive reação. Fiquei ali olhando. As pessoas entrando na minha frente e me impedindo de ver o corpo.

Algumas saíram em busca de socorro, outras ampararam quem estava por perto e tiveram crises de pânico, choro e/ou riso. Eu, imóvel. Visualizei de longe o corpo amassado, desossado. Partes despedaçadas.

Eles vieram e evacuaram a estação. Organizaram filas por ordem de tamanho. Na ausência de anões e crianças, fui uma das primeiras.

Nos conduziram em direção à saída. Antes disso, assinamos um termo dizendo que não comentaríamos, lembraríamos ou divulgaríamos aquele fato. Ainda bem que tenho facilidade para esquecer.

Cheguei a rua e não reconheci meu bairro. Atordoada. Uma senhora percebeu minha confusão e me apontou a direção correta. Nessas horas eu entendo a necessidade em usarmos crachás que nos identificam: nome, telefone, endereço residencial e comercial.

Ninguém se perde.

Mesmo com crises constantes de ausência, eu sempre chego em casa.

Há alguns anos nossos dirigentes vêm treinando cidadãos que tenham capacidade para ajudar aos outros em situações que envolvam choque emocional, grandes sustos, crises de soluços e outros.

O governo, todos os anos, faz um mapeamento dos mal-estares que ocorrem de forma individual ou em grupo. Estudos anuais sobre o comportamento diante de suicídios, passeatas, festas folclóricas ou pequenos passeios do fim de semana. Tais ajudantes não precisam necessariamente de uma licença para tomar conta da vida dos outros. Agem apenas em situações onde os despreparados não conseguem agir.

Foi o caso de Laura diante do suicida no metrô.

Ela requisitou dez dias de folga e foi prontamente atendida. Sua empresa reconhece que o funcionário precisa se sentir bem física e emocionalmente para produzir mais e melhor.

No primeiro dia da licença esqueceu que tinha feito uma promessa de nunca mais ir ao cinema. Justamente nesse dia estava acontecendo uma convenção dos entendidos de filmes extensos e incompreensíveis.

A bilheteira sorriu ironicamente como se tentasse enviar-lhe um sinal, mas Laura não entendeu.

Entrou na sala, e as saídas foram bloqueadas após o início da sessão.

A cada quinze minutos de projeção do filme, a sessão era interrompida pelos grandes *experts* entendedores de cinema. Na cadeira, Laura não aguentou a segunda intervenção do grupo. Suas pernas começaram a tremer, sentiu seus olhos gelarem e ao passar a mão pelo cabelo sentiu que estava tendo uma crise de irritação profunda porque seus cabelos estavam caindo. Se não agisse rápido ficaria completamente careca nos próximos minutos.

Fingiu um desmaio. Alguém do seu lado a socorreria, ela tinha certeza. Sempre tem alguém tomando conta da sua vida. Não falhava nunca.

Mesmo com medo de ser advertida por fingir uma "perda momentânea" dos sentidos, ela preferia uma advertência a suportar aquela tortura.

Passou os nove dias restantes de sua folga internada no hospital.

♪ Bala de papel

No décimo primeiro dia Laura voltou ao trabalho.
A câmera mostra tudo acelerado. O banho, o não café da manhã, a escovação dos dentes, a paradinha no elevador para voltar e pegar uma blusa, o caminho até o metrô.
Essa rotina foi quebrada no dia em que Laura percebeu um rapaz no metrô. Notou que ele a observava enquanto ela escrevia. Bastava vê-lo para disparar a escrever no caderno.
Ele me deu a tal bala de cereja, mas não sorriu.
Estendeu a mão, me ajudou a levantar e depois me empurrou da cadeira, não quis conversar.
Amarrou minhas mãos e sentou na minha frente. Ficou brincando com o celular.
Ele pensa que eu não sei, mas eu já decorei o meu papel.
Vou seguir o roteiro sem pausa para dançar.
A bala é amarga.
Apodreceu de tanto esperar.
Na cara da menina-moça eu vi um sorriso, mas ela não olha pra mim, está olhando para o moço do lado.
Boa tarde, senhor!
É a segunda vez que me confundem com o porteiro. Preciso ficar menos na guarita.
Preciso de outra bala, mas agora é melhor mandar direto no coração...
Virou poeta.

Brinca de ser escritora.
Se diverte com os pensamentos aleatórios. Compra outro caderno para escrever o que quer. Aqueles que a mãe mandou serão mostrados ao médico.
Ela não mora na lua...
Passaram vinte dias e ainda morde sua língua.
não sei se era biscoito ou bolacha
mas eu não ganhei café da manhã
em boca dura não há cristão nem religião
mentira
ficção
tem a letra redonda e a cara de batata
seus pés estão quentinhos porque a meia é cor-de-rosa
bala de algodão doce com purpurina para colorir
a dri gosta de glitter
a gê de anilina
eu fico esperando o beijo daquela menina
chicle com gosto de menta
acaba o açúcar e não alimenta
o olho do cheiro do ralo
apareceu na tormenta
a bola rolou colorida
a fita no cabelo é adesiva
moço com brinco caído de palavra dolorida
caramelo com gosto de barro
chita florida
a mãe trouxe seu carro
então volto na ida
mastiga o resto da fruta
na mão carrega uma dívida
não pode parar a labuta
nem usar calça comprida

Felipe acompanha os passos de Laura. Não são muitos. Do seu apartamento minúsculo, que ele já visitou fingindo ser da companhia elétrica, até o metrô são três quarteirões.

No metrô ele precisa ficar atento porque ela não segue uma lógica no embarque e desembarque. Às vezes ela deixa passar vários trens antes de decidir e muda de vagão também. Sempre tem a impressão de que ela segue alguém. Ri da sua conclusão.

Pessoas que passam o dia seguindo umas as outras. Falta de vida própria. Hoje em dia é um fato muito comum. As pessoas se desinteressam pela autorrotina, entram com um pedido de licença no sistema, que pode durar de um mês a dois anos.

Se o usuário estiver totalmente em dia com o sistema e não tiver recebido nenhum tipo de advertência no último ano pode requisitar tal benefício, que lhe permite seguir uma pessoa do seu interesse.

Felipe não usufruía de uma licença. Foi contratado pela mãe de Laura para a sua missão. Ele recebia cinco salários por mês.

Ainda não sabemos se era uma forma de proteger Laura ou se a sua mãe queria apenas cuidar da sua vida mesmo. Cuidar da vida dos outros atualmente é uma atividade regulamentada pelo governo.

Felipe procurou no metrô a sua placa preferida: "os usuários infratores podem ser retirados do sistema". Ele adoraria esse serviço também. Ser o responsável por retirar os infratores do sistema. Tinha curiosidade para saber o que acontecia realmente.

Desenvolveu hipóteses:
1- o usuário era retirado do cadastro de usuários e, ao passar sua digital pela catraca, o sistema não o reconheceria, barrando sua entrada.

2– Divulgavam a foto do sujeito em todas as estações e os próprios usuários, ao reconhecê-lo, apontariam em sua direção e o delatariam.

3– Funcionários do metrô seriam convocados a perseguir os infratores após um apito disparado na catraca.

4– O tal seria apagado mesmo, eliminado, excluído, literalmente retirado.

♪ Entre o trem e a plataforma

Para não perder o metrô ela corre na ponta do pé, finge ser elegante.
Sorri para a senhora que sentou ao seu lado, a coitadinha estava na direção errada.
Xinga o maldito que atrapalhou o destino.
E se eu não tivesse sorrido pra ela?
E seu eu não tivesse corrido para pegar o metrô?
Assim começa o destino de hoje...
Pequenas decisões a tomar durante o dia
cisões entre destinos
meu cachecol cai no vão entre o trem e a plataforma
se eu não tivesse corrido...
Ouço os diálogos no metrô e copio no meu caderno. Eu ouço tudo de trás pra frente, então tenho que anotar e depois traduzir:

?ococ ed alab ohca euq ares edno
tosse, tosse (pigarro sem-vergonha)

?aroh aiem ed siam ierepse eu euq atiderca
acredita que eu esperei mais de meia hora?

.aur assen ossap oãn ue
eu não passo nessa rua.

.etnerf me orap e atlov a uod ue
eu dou a volta e paro em frente.

.um àd oãn odut ratnuj es
se juntar tudo não dá um.

.ohnizos ragerrac arp odasep otium è
é muito pesado pra carregar sozinho.

.ahnizos rimrod ed odem ohnet eu
eu tenho medo de dormir sozinha.

.odnarepse avat oãn etneg a
a gente não tava esperando.

É um ruído constante, sabe quando você procura uma estação no rádio?
Não é todo dia que ele vem.
Eu queria colorida...
Minha mãe dizia que olhar para uma japonesa grávida dava sorte. Hoje foi a primeira vez que vi uma. Fiquei com vontade de chegar bem perto e encostar em alguma parte do seu corpo. Se olhar dá sorte imagine tocá-la.
Naquele dia ela percebeu que estava sendo seguida. Eis a sorte da japonesa.
Ficou apavorada, mas passaram-se os dias e ele não se aproximava e nem a ameaçava. Devia só estar cuidando da sua vida. Laura esqueceu mas era o rapaz que a acompanhava na terapia.
Queria ter uma vida mais interessante para motivá-lo, provocar realmente o seu interesse, mas ele não poderia seguir o que ela vivia internamente.

A vida era muito mais interessante na cabeça de Laura. Sentou num café e o observava com o canto do olho. Era um tipo bem charmoso. Talvez o conhecesse de algum lugar. Baixo, magro, levemente corcunda como ela e calvo. Gostou quando ele ficou do lado de fora do café para fumar. Admirava pessoas que ainda continuavam a fumar.

Laura não sabia, mas se ficassem juntos seriam muito felizes. Teriam um filho, muitos gatos e morariam em uma linda casinha de vila com varanda, jardim e churrasqueira.

Propaganda de margarina.

Histórias felizes não agradam esta narradora.

Aqui nos interessa a solidão. Tudo que deu errado.

De feliz, basta a vida.

Sonhou que lavava um prato que não ficava limpo. Um prato grande, branco, mas muito sujo. Passava a esponja várias vezes. Acordou e pensou em ligar para mamãe. Ela interpretava seus sonhos e apostava no jogo do bicho. Desistiu. Ficou com medo da interpretação. Havia dois meses que não ligava para mamãe, ficou com medo de levar uma bronca.

Pior que as advertências só os sermões de mamãe maravilha.

↳ Belém, belém, nunca mais fico de bem

Ele era alto, magro, com os cabelos encaracolados. Usava uma boa calça jeans e uma camiseta verde-escura. Laura não identificou a marca. Uma bolsa de couro e o par de tênis mais bonito que ela já viu na vida. No começo achou que tinha se apaixonado pela escolha correta que ele fez da roupa e dos sapatos mas, com os dias e a observação constante, reparou que ele lembrava muito um ator de novelas de quem ela gostava muito.

Curiosamente esqueceu seu nome.

As novelas eram grandes companheiras de Laura. Sempre escolhia alguma para seguir. Não gostava das engraçadas ou as "de época". Gostava mesmo das sérias, dramáticas, que começavam logo após a exibiçao do *Jornal Nacional*. As personagens a acompanhavam durante a noite em casa. Ela gravava e copiava trechos de diálogos que considerava profundos ou importantes para a sua vida. Copiava com letra redonda e caprichada num dos cadernos que mamae mandava. Será que o doutor perceberia? Só se ele gravasse e revisse a novela também. Laura riu desse pensamento. Seu médico assistindo e analisando os personagens para a esposa: "bipolar", "transtorno compulsivo", "psicótico", "psicopata", "levemente depressivo", "imbecil mesmo".

No dia seguinte, se tivesse oportunidade de falar, ela os citaria.

Todos perceberiam que ela estava se esforçando para sociabilizar-se no trabalho. Se conseguisse participar do grupo responsável por comentar as novelas, poderia até ser aplaudida, receber um prêmio diante de todos.

E assim ia, fora do compasso.

Sua disritmia queria dizer isso.

Fora do ritmo dos outros.

Queria mesmo era participar do grupo da culinária, estava cansada de ficar só copiando receitas e não fazer nada. Pior mesmo era não participar das degustações que elas promoviam. Todas as semanas, uma delas preparava um dos quitutes.

A tal receita era testada durante meses até passar pelo exame final que era a aprovação das meninas da firma. Laura ficava com água na boca. Lembrava que quando era criança e sentia vontade de comer algo que estava no prato ou nas mãos de outro, sua mãe a incentivava: "pede um pedacinho pra você. É melhor ser mal-educada do que ficar com a barriga cheia de lombriga".

Mas, ali, ela não tinha coragem. Passava vontade. Não pedia nem um pedacinho.

Depois que as meninas saiam do refeitório ela corria na lixeira para ver se tinha sobrado um "tequinho". A faxineira já tinha recolhido tudo.

Assim que qualquer lixo era jogado dentro das lixeiras, um alarme soava no quartinho da faxineira e ela tinha poucos minutos para arrumar tudo.

Laura nunca conseguiu experimentar o bom-bocado, o bolo de tapioca, pudim ou o famoso pavê de amendoim. Procurava nos bares, nas lanchonetes e padarias da região, mas nunca os encontrava.

Os funcionários explicavam que tais receitas deviam ser secretas e passadas de geração a geração.

Laura só teria acesso a elas se fosse casada. Para isso teria que recorrer ao seu futuro marido.

"quando ele descer, vou sorrir pra ele"

Ela não esperava que ele desembarcasse sem olhar pra ela. Foi uma das primeiras vezes que ficou de mal dele. Gostava de repetir uma das suas brincadeiras infantis preferidas. Belém, belém, nunca mais fico de bem.

Todos os dias procurava por ele. Fingia que escrevia num pequeno caderno, mas estava atenta aos passageiros que entravam e saíam do metrô. Ficava angustiada se não o via.

Chegava triste ao trabalho. Passava o dia quieta, datilografando muito e não tinha disposição para participar das pequenas pausas para o café, os três minutos obrigatórios de conversas, as brincadeiras que as meninas faziam com os títulos dos textos e/ou comentários críticos edificantes sobre as notícias do dia anterior.

Quando isso acontecia era chamada a sala da supervisora que fazia com que ela assinasse uma pré-advertência por não estar no mesmo clima das colegas.

A supervisora explicava que tal comportamento afetava a produtividade no serviço e que Laura precisava se dedicar mais para merecer sua sonhada promoção. De uma máquina de escrever, ela passaria a ter duas. O dobro de trabalho. Era o sonho da vida de Laura. Além de casar com o moço do metrô.

Laura demorava para entender o que a supervisora dizia, fingia um olhar sério e balançava a cabeça como se concordasse com tudo que a outra se esforçava para dizer. Estava segura de que suas irmãs tinham se dedicado muito para garantir esse emprego para ela. Trabalharam lá por trinta anos. A demissão ocorreria em caso de roubo devidamente registrado pelas câmeras de vigilância ou agressão física aos colegas.

Ela nunca cometeria nenhum desses delitos. No escritório não havia nada que Laura desejava ter em casa e agressão física era impossível porque ela era bem doentinha.

» 43

Não tinha força física. Era coitadinha. Sua disritmia tornava seu sangue fraco, ralinho mesmo, e sua circulação era tão baixa que, em alguns momentos, ela se movimentava em câmera lenta. Tremia muito e andava se arrastando. Sentia dores constantes nas pernas.

Todas as manhãs precisava de um grande esforço para se lembrar da sequência de remédios que tinha que tomar. Mamãe maravilha teve a brilhante ideia de fazer uma lista com a ordem correta.

Sentia que "morria todas as noites e cada manhã era seu renascimento". Frase da novela. Devidamente anotada com letra caprichada no seu caderninho encapado de papel rosa. Mocinha. A queridinha do papai.

Tomo café e saio para a escola.
Eu vou seguindo a minha rua por cinco quarteirões.
Minha única e melhor amiga me acompanha na rua de cima. Ela acha o caminho por cima mais bonito e eu tenho preguiça de subir duas quadras para encontrá-la. É simples: tenho que andar somente cinco quarteirões até a escola. Se subir até a rua de cima, vou andar sete. Ela não entende, fica brava, de mal comigo. Na hora do recreio já esquecemos a bobagem e dividimos a merenda.
Eu realmente adoro a hora do lanche. Faço questão de não olhar enquanto mamãe prepara a lancheira. Tenho uma surpresa todos os dias. É claro que às vezes tenho que comer pão puro ou uma maçã inteira mas isso é mais uma prova de que nem sempre as surpresas são boas.
Eu gosto muito da escola. Principalmente dos professores. Tenho muito interesse por tudo que eles falam. Só tenho um pouco de medo da professora de geografia. Ela nunca exibe a mão esquerda. Vive escondida no bolso do avental. Dizem que ela perdeu a mão num acidente. Eu fico apavorada, imaginando o cotoco se debatendo no bolso. Se ela percebe que você está olhando para o bolso te dá uma reguada na testa e grita: "presta atenção na aula". Mas eu disfarço bem.
O ano começou há dois meses e até agora só levei uma.

♪ Ausência

Por favor não confie na minha memória. Tudo aqui pode e deverá ser usado contra mim. Meu crime perfeito. Suicídio bem realizado, trabalho limpo. Maneiras de morrer. Formas. Quantas formas. Há mais formas de morrer do que de nascer.

Eu nasci de parto normal. Poderia ser cesárea ou fórceps. Para morrer temos armas de fogo, branca, asfixia, atropelamento, afogamento, falência múltipla, câncer, susto, coração, terror, êxtase, eutanásia.

Dor no estômago. Bolor. Foi tudo que eu comi. Mamãe dizia que eu parecia um peixe que ela teve: comeu até morrer. Morreu pela boca. Eu vou morrer pelo que como e pelo que falo. Da minha boca só saem cobras. Miudezas. Maledicências.

Minha supervisora pediu que eu falasse menos. Ela foi bem educada. Agora é boazinha porque descobriu que tem câncer. Não fala a palavra. Tem medo de morrer e não ir para o céu. Parou com as advertências, mas eu sei, não adianta, vai sofrer e depois morrer.

Nessa estação eu nunca vim. Esse é o mês dos aniversários infantis. Todos os funcionários que têm filhos são obrigados a alugar um buffet, enrolar brigadeiros e contratar um palhaço para animar a festa. Quatro horas de duração.

Laura esqueceu de comprar o presente. Decidiu usar o truque do "amor grande amor".

Tal artimanha consiste em escolher entre seus pertences algo muito, muito importante. Uma preciosidade que tenha lhe proporcionado momentos felizes. Ela lembrou de uma caixinha de música que ganhou numa rifa do escritório. A caixa era bem pequena, abria com facilidade e tocava uma linda música infantil.

Tinha um cantinho do seu guarda-roupa justamente separado para guardar presentes que ela ganhava e que um dia poderiam ser repassados. Sua iniciativa impedia o consumo excessivo e desnecessário.

O governo apoiava tais atitudes que revelassem boa índole e preocupação com o próximo.

Tinha ainda uma bela coleção de papéis de presente e fitas. Surpreendia-se com a própria organização.

Encontrou três cadernos lindos. Como não sabia a origem desconfiou do significado. Quem os teria colocado ali?

Fez um embrulhinho e entregou para o filho do porteiro.

Quando a mãe perguntava sobre os cadernos ela respondia que já havia preenchido e entregue ao médico. No mesmo dia a mãe mandava entregar um novo pacote com mais três cadernos. Era seu jeito de cuidar da filha.

Correu para entrar naquele vagão e ele não estava. Ficava com tanta raiva que dava vontade de tirar a faca da bolsa e rasgar todos os pulsos, ali, no meio de todos.

Riu sozinha do seu pensamento estúpido. Não morreria com dor. Morreria dormindo. Sem sentidos.

Levou um susto quando a voz dublada no metrô deu um gemido. Olhou para os lados para ver se mais alguém tinha percebido.

Todos pareciam normais, nenhuma reação. Após o gemido veio um grito engraçado como se a locutora tivesse engasgado ao anunciar a próxima estação.

Teve uma crise de soluço por causa do susto e começou a rir sozinha. Divertia-se com suas alucinações auditivas.

Depois do grito, uma moça em pé, na frente de Laura, riu também. Compartilharam aquele momento *out* rotina. Sentiu carinho por aquela pessoa. Alguém que ouvia as mesmas coisas que ela. Teve vontade de pedir licença para cuidar da sua vida. A figura virou para o outro lado e desceu assim que o trem abriu as portas. Sentiu saudade. Seu médico a repreenderia por gostar de viver essas emoções instantâneas e intensas.

A recomendação do Ministério da Saúde era de que cada indivíduo deveria se apaixonar, no máximo, três vezes ao longo da vida. Mais do que isso não fazia bem ao coração. Laura já tinha vivido umas quinhentas paixoes no metrô.

Novas advertências viriam.

No trabalho tinha apenas duzentas e cinquenta e sete páginas a serem datilografadas. Acabou antes do tempo previsto, mas ficou fingindo que não tinha acabado. Há uma semi advertência para aqueles que terminam sua obrigação antes ou depois do prazo predeterminado. Todos devem ser pontuais, equilibrados e contidos. Nem mais, nem menos. Isso não conta somente nos estabelecimentos profissionais. Todas as relações devem ser assim. Tranquilas e equilibradas. É uma das bases para que o sistema funcione.

Parei na esquina. Esqueci onde fica a farmácia.

Rio incapacitada.

Como posso lembrar do que preciso comprar e esquecer a direção?

O médico explicou a mamãe. Memória seletiva. Tem alguma coisa que a mente dela tenta excluir. Uma lembrança ruim. Laura sabe. Quer esquecer de uma vez. Chegou a tomar um remédio que vai apagando a memória aos poucos. Mas ele só funciona com as lembranças boas. As más permanecem, resistem.

O mal sempre ganha no final.

Finalmente chego à farmácia.

Eu tomo um remédio para dor de cabeça que me dá dor de estômago. O remédio para dor de estômago ataca o meu fígado. Não tem remédio para o fígado que não provoque dor de cabeça. Levo uns dez minutos nas gôndolas para decidir a dor que vou sentir hoje. O médico disse que é assim. Quando morrer passa.
Engasgo.
Começo a tossir. Tento explicar ao farmacêutico. Ele me oferece uma bala que paralisa a garganta. A bala é doce. Agride o fígado e faz doer a cabeça. Não tenho escolha. A dor já me escolheu.
Trabalhar com dor de cabeça só é permitido se o funcionário não demonstrar facialmente seu desconforto.
Procuro a regra no código.
É preciso levantar, simultaneamente, o lábio inferior.
Tento melhorar a expressão no meu rosto. Finjo um sorriso e tento mantê-lo. Longe do espelho volto a carranca anterior. Um dos imbecis que gostaria de cuidar da minha vida se precipita e pergunta: "que cara é essa? Tá tudo bem?".
Lembro do sorriso e invento que ainda não tomei café. Essa sempre funciona. Tento demonstrar naturalidade e saio de perto. Ele me segue no corredor de entrada e me alcança na catraca: "mas você saiu de casa sem tomar café? Não pode! É a refeição mais importante do dia".
Deduzo o que ele diz e sorrio de novo. Corro para entrar no banheiro. Ele tem que ir embora porque trabalha do décimo quarto andar. Saio e o corredor está vazio de novo. Eu conheço esse cara. Ele conseguiu uma licença especial para cuidar da vida de várias pessoas. Da maneira que anda a minha, ele desistiu, mas de vez em quando tem uma recaída. É como ver tevê. É só mudar de canal.
Ando rápido para entrar logo no elevador e chegar a minha mesa. Preciso trabalhar e esquecer a dor.

♪ Tudo é ficção

No metrô escolho a minha família. Invento uma nova árvore genealógica. Gosto de sentar perto dos velhinhos e das velhinhas simpáticas. Não lembro dos meus avós. Cada dia seleciono uma nova mãe, pai e irmãos diferentes. Nesses poucos minutos diários, me fazem companhia. Eu não queria ser uma daquelas pessoas que só reclamam da vida. É até proibido no novo código de conduta. Existem grupos específicos que atendem a essas pessoas. Às terças-feiras, dois pisos abaixo da sala onde trabalho. Tentei participar uma vez, só que meus problemas foram considerados muito pequenos para ser aceita no grupo. Recalcada devido à ação constante da mãe não foi considerado motivo suficiente para reclamar da vida.
 Levanto os olhos do caderno e lá está uma garota que poderia ser minha irmã. Ela usa uma camiseta verde em plena segunda-feira, dia reservado às cores mais sóbrias. Ela ouve música e mexe a boca. Balança a cabeça de um lado ao outro e acompanha o ritmo batendo o pezinho esquerdo (direito para quem olha). Tem uma aparência muito feliz. Me distraio observando-a.
 Sofro uma pequena ausência.
 Ao me distrair com a personagem, que nesse momento representa minha irmã, me ausentei por duas estações. Volto e ela não está mais aqui. Minha irmãzinha partiu sem um aceno

de mão ou de cabeça. Sou órfã novamente. Aguardo o amanhã para fazer uma nova escolha.

Conto os minutos.

Ela diz: "facilite". Anotei letra por letra para entender o significado: "etilicaf".

Quando você conta os minutos, o tempo demora mais pra passar.

Cega não!

Uma vez mamãe lhe perguntou "se tivesse que escolher, você gostaria de ser cega, surda ou muda?".

Na hora não soube responder, mas acho que "muda" seria sua opção. Ela já é calada mesmo. Às vezes gosta de ouvir e ver os outros. Não gosta da parte que tem que emitir sua opinião, dar uma ideia ou participar do debate. Faz porque está tudo no manual.

O que eles não sabem é o que ela planeja.

Mesmo que a família tenha que pagar a multa pelo suicídio, mesmo que pintem na porta da entrada o símbolo daqueles que desistem, ela não se importa.

O médico não consegue curar seu engasgo e ela segue chorando pelo olho direito. Esquerdo para quem olha.

Minhas irmãs mais velhas são gêmeas. Idênticas fisicamente. Uma ri o tempo todo, é muito simpática. A outra é sisuda, quieta, tem o olhar sempre triste.

Puxei a outra, é claro.

Tenho ainda uma irmã mais nova. Quinze anos eu acho. Não lembro do seu nascimento. Foi na época em que mamãe me tirou de casa e papai morreu. Mamãe disse que ele teve um enfarte, mas eu sei que ela envenenava a comida dele. Às vezes dizia que era vitamina. Outras, que era um remedinho para que ele parasse de beber. Posso ser desmemoriada, distímica e sofrer de pânico noturno, mas não sou idiota. Isso eu não esqueci ou posso ter inventado essa lembrança também. O médico sorri e diz que com o avanço da medicina tudo pode acontecer. Tem dias em que ele é muito legal. Conversa comigo. Noutros é frio e distante. Me dá as receitas e pronto. Bipolar. Ele também vai ao médico. Se trata.

Eu sei que sou a preferida do papai, mas não posso contar a ninguém. Uma vez por mês, ele pede que eu o espere duas ruas acima da nossa. No ponto de ônibus que ele desce. Me leva na padaria e pede para que eu escolha um doce. Escolho o sonho. Ele ri porque eu sempre peço o sonho. Ele diz: "pede algo diferente hoje". Eu hesito, sorrio e falo: "acho que vou querer um sonho". Ele ri comigo. Papai não me deixava rir sozinha.

Volto ao ponto de partida.
Na cabeça escuto uma de minhas músicas preferidas.
Parei de ler jornal e assistir a documentários.
Tudo hoje é ficção.
Cena de cinema e beijo de novela.

Por um momento paro de escrever, tiro os olhos do meu caderno e observo as pessoas de hoje no metrô.
Estão pausadas.
O diretor ainda não gritou "ação".
Preciso contar quantas palavras escrevo por dia.
O médico disse que preciso de duzentas e vinte e oito. Cento e quatorze pela manhã + cento e quatorze à tarde.
Quando vou e quando volto. Com o tempo a dose deve ir aumentando.
Só o tempo que passo no metrô será pouco.
Mais duas e pronto.

↯ Medidas

Saio de casa às 6h30. Todos os dias, de segunda a sexta. Quando me atraso é uma outra família que encontro no metrô. Uma família hostil, que não me cede o lugar para sentar. Tenho 1,57 de altura. Para segurar no ferro do alto do trem tenho que esticar meu bracinho curto. Fico rígida até ele começar a adormecer. Tenho câimbras. Em pé não posso escrever. Ponho em risco o meu tratamento. Chego ao trabalho de cara amarrada. Aqueles que cuidam da minha vida vão me cutucar o dia todo. Chego em casa com manchas roxas. Vou dormir mal. Acordo atrasada de novo.

♪ Páginas vazias

Teve que ir ao médico.
Depois do tombo a boca inchou muito e não conseguia andar direito por causa do joelho.
Parada na sala de espera, espera mesmo.
De banho tomado, pé e mão muito bem-feitos.
Tenta ficar parada numa posição confortável, mas elegante.
Quer passar uma certa feminilidade. Leu numa revista que acariciar os cabelos discretamente é sinal de interesse, desejo sexual.
Finge procurar algo na bolsa com uma expressão preocupada.
Abre a agenda e finge anotar compromissos para toda a semana.
As páginas estão vazias.
Sai dali, corre e corta a garganta. Senta e espera a cicatriz.
Lê no cartaz do metrô:

"Tire o peso da perna para andar melhor
Sem arrastar, o movimento é mais fácil.
Bela caneta
Boa caligrafia
Volte em dez minutos ou dez anos
Não importa".

♪ Hoje não tem biscoito da sorte

Acorda preocupada
Ausência de pelos
O contrário ou nada
Pedi um abraço e ele negou
Hoje não tem beijo nem presente
Colinho para os carentes
Te procuro no vão
Te encontro num vagão
Dormi no metrô e mordi todos os dentes
Queria ver um navio cadente
Foge dos carros de alta tensão
Há perigo em estar presente
Queria andar de novo no meio da enxurrada.
Perdeu o chinelo da mãe e chegou em casa descalça.
Menina de tudo
Boca pequena
Corpo deformado pela barriga cheia de vermes
Pés no chão, boca cheia de terra
Assim fica difícil escovar os dentes
Eles machucam minha cabeça com pequenas marteladas
Foi assim que perdeu a memória
Faz força para esquecer
Viu num filme um personagem que também sofria de perda de memória seletiva, o mesmo problema que o seu. Esquecia coisas.

Uma outra personagem perguntava: "E daí? Às vezes é melhor assim".

Acordou uma hora antes do relógio
Pezinho inchado
Chora não menina, arraste-se aos poucos
Deixe o corpo ir pesando até que você não possa mais andar
Pule para a próxima estação
Devido aos maus pensamentos você ficará duas rodadas sem jogar
Se repetir o erro passará todos os seus pontos ao jogador sentado à sua direita

Esquerda para quem olha
Direita pra quem vê
Voltar uma estação não vai te ajudar a ganhar mais tempo

Na pausa para o cafezinho, tenta decorar o novo código:

- assentos preferenciais só para os estranhos

- não podemos dividir nem parcelar

- só de juros você pagará o dobro do que devia

- se a senhora preferir eu realizo a transação no seu nome

- duas ações ao mesmo tempo podem danificar o produto

- não nos responsabilizamos pelo mau uso

- leia as instruções

– respeite a forma de usar

– tal procedimento resultará na durabilidade do seu relacionamento

– não exagere no tempo do molho

– tudo pode apodrecer

– quando a água começa a cheirar mal é porque já passou da validade

– verifique o código de barra

– qualquer movimentação estranha será notificada ao seu supervisor

– em caso de dúvida consulte sempre o manual

óculos para perto
perto demais
óculos para longe
melhor assim ou assim?
na dúvida fico com a primeira
melhor assim?
Última parada da estação
Engasgo
Início da dor de cabeça
Impossibilitada fisicamente para escrever
Deficiente literal

≫ 59

♪ Das notas

A primeira vez que ele falou comigo foi para perguntar: "que dia é hoje?".
Tive que pensar...
Não podia começar nossa relação com uma resposta errada
domingo 12
sábado 11
sexta 10
sexta, dia 10!
Desci rapidamente porque o metrô apitou.
Na banca de jornal vi a chamada para uma revista que ensina como se livrar de situações constrangedoras. Um manual para ser descolado socialmente. Acho tão difícil seguir todas as regras.
Ainda nem decorei todos os mandamentos do código de conduta. Compro a revista para me atualizar.
Ontem levei broncas o dia inteiro porque falo muito alto.
Eu já tentei, mas é difícil.
Quando falo que não fui educada, as pessoas não acreditam, riem na minha cara.
Esquecem da regra que pede que se ria dos outros somente no banheiro ou quando o outro não estiver presente.
Recebi, é claro, a educação formal, aquela tradicional da escola, do português, da matemática, história e geografia.
Por isso leio tanto os manuais que explicam as regras.
Aprendi mais observando as outras pessoas. Imito.

Só não consigo falar baixo.

Hoje levei minha segunda reguada na testa. Além de me interessar pela "não mão" da professora, eu também gosto muito de falar na hora errada. Falo antes dos outros.
Me intrometo na conversa alheia e falo tudo que penso. Quase tudo, na verdade. Eu não posso chegar para a minha professora e dizer: "ô do cotoco!". Poderia gritar e sair correndo, mas e as advertências? Quem não tem medo das advertências.
Mesmo assim falo até com quem eu não conheço.

Eu tinha pensado em algo bem legal para escrever aqui, mas esqueci

O médico disse que deve ser algum tipo de abuso que sofri na infância e que me forço para esquecer as coisas.

Ela errou o vagão e ele estava lá. Sentiu como se caminhasse na sua direção. Queria falar. Queria contar a sua história. Sentou, abriu o caderno e procurou a caneta na bolsa.

Hoje ela não tinha nem lavado o cabelo.

Não era uma boa hora, como dizia mamãe.

"Amanhã, amanhã eu falo."

↪ Malcriada

"Mabel estava calada. Então disse: 'são as chaves de uma casa onde morei um dia. Eu as guardo para me atormentar'. Ela sorriu."

O encantamento de Lili Dahl – Siri Hustvedt

Mamãe dizia que eu passava muito tempo com papai. Me dava bronca e me trancava no banheiro.

Uma vez tentei tomar água oxigenada para me matar, mas tinha um gosto horrível e despejei tudo na pia. Fingi que tomei. Deixei o frasco caído do lado do meu pequeno corpinho e fiquei gemendo no chão. Papai me achou. Ficou com dó. Me colocou no colo de novo. Mamãe ficou quieta.

E importa?

Ela fala tão alto que eu não escuto. Ela cutuca o passageiro sentado ao seu lado e pergunta as horas. Queria que tivesse perguntado pra mim. Eu sei essa resposta.

Ele ri e mostra o relógio. Não tem ponteiros.

↳ Linha cruzada

Preciso lembrar do sonho de hoje para escrever no caderno. O médico disse que é bom escrever, que ajuda a arrumar a minha cabeça. Ele falou que está tudo aqui, mas fora do lugar. Papai. Mudança de casa. Roupa suja. Um bebê largado no quintal, embaixo de um balde. Tento ajudá-lo. Ele nem chora mais. Está quietinho e frio.

Não gosta do que escreveu. Fica triste. Nem liga para as conversas ao redor. Ela gosta tanto de ouvir a conversa dos outros no metrô.

Hoje não quer saber.

Dia não.

Sai do trem olhando para o chão.

Finda a estação.

Mentalmente canta uma das músicas de que gostava quando era criança:

"vou ficar aqui gemendo
até você olhar pra mim
sorrindo sozinho
esperando carinho
sangrando até o fim
reclamo ao vizinho
mas não tem jeito

*de você gostar de mim
é só no caminho
que eu peço carinho
não precisa ter pressa
é só um pouco de conversa
e depois saio daqui
sonho bem devagarinho
dou tapas no seu olhinho
la la ra la la ri...*"

Direita para quem olha, esquerda para quem vê

Depois do tombo, o médico pediu que eu ficasse um dia em casa para descansar o lábio inferior, o nariz, o joelho direito e a mente.
– Sua mente é muito suja – ele disse. – O exame sai imperfeito porque não conseguimos visualizar seus pensamentos pobres e malformados.

A supervisora vai ficar feliz por não me ver um dia inteiro.

"Aproveite que eu não estou aí para respirar sem mim
Aproveite que eu não estou nem aí para saber o que você pensa de mim
Aproveite que eu não estou nem aí nem aqui
Tire uma folga de mim."

Ela me persegue mesmo sem olhar pra mim. Eu sinto que lá, sentada na sua saleta de vidro, ela me olha com inveja.

Minhas pernas tremem e doem quando ela se aproxima.

Ela sempre pergunta onde compro meus vestidos, sapatos e presilhas. Eu falo. Ela compra tudo igual. Quer ser Laura também.

Quer ser baixinha, um pouco corcunda e quando esfria de repente manca da perna esquerda?

Quer ser alguém que vive sozinha numa quitinete emprestada pela mãe que sempre joga isso na sua cara?

Alguém que nunca teve namorado e só sai com psicopatas que insistem em passar a mão no seu corpo sem te dar ao menos um beijo?

Alguém que nunca foi convidada para dama de honra, que tem sorriso amarelo, não ganha adesivos e que só vive com o cabelo preso porque os fios são tortos?

Quer ser ninguém?

Ela é iluminada. Tem um cargo de destaque no escritório. Sua família trabalha lá há gerações. Tem uma família linda com um marido sério e trabalhador e dois meninos fofos. Gêmeos.

Laura queria ter uma irmã gêmea que a livrasse de todo o mal.

Ela alta, sorriso perfeito, cabelos longos e bem arrumados como no comercial do xampu.

Não entendo o seu ódio, não aceito a sua inveja.

Ela pensa que sou boazinha porque faço tudo que mandam.

Ela não sabe que só represento um papel, sou a protagonista deste livro, mas no dela, posso nem aparecer como coadjuvante.

Levo quarenta e três segundos para recitar a oração que mamãe me ensinou. É o tempo que ela leva da sua mesa até a minha.

A supervisora percebe meu olhar fixo em direção a sua sala e, eu acho, que me pergunta por que parei de datilografar. Digo que não consigo lembrar o significado da palavra "acordo" que tenho que transcrever. Ela fica irritada. Por sua expressão entendo que ela diz que não trabalho para compreender o significado, devo só copiar e pronto. Ela faz uma anotação no seu caderno. Sinto que serei advertida. Duas vezes na mesma semana. O horóscopo avisou: "evite atrito com superiores ou familiares".

A outra advertência foi dada na segunda-feira porque ultrapassei o tempo permitido para conversar em uma das pausas do café. O tempo limite é de quinze minutos durante a semana.

É uma média de três minutos por dia que você acaba gastando com "bom dia/por favor/obrigado/bom apetite/até logo".

↳ Menina-botão

Fiquei mais de dez minutos com uma garota do piso superior. Ela estava me contando sobre o final de semana que passou na praia e sobre o famoso pavê de amendoim que sua mãe havia preparado. Eu adorava ouvi-la falar. Era a única pessoa do escritório que eu entendia o que dizia. Era como se eu apertasse uma tecla e as letras apareciam em ordem na formação das palavras que ela pronunciava.

Ela era doce, feliz, inocente e eu a apelidei de "menina-botão", porque sua mãe, todos os dias, costurava um botão colorido em uma de suas roupas.

Mesmo onde não tinham casas havia botões espalhados por toda sua roupa. Era uma surpresa que a mãe lhe preparava todos os dias, ela acordava e tinha que descobrir onde tinha um botão novo.

Que tipo de relação era essa entre mãe e filha? Pavê de amendoim e botões coloridos?

Ainda bem que não ouso invejar as pessoas porque a menina-botão era tudo que eu queria ser.

Como não era permitido usar o nome das pessoas no horário de trabalho, apenas números, eu sorria pra dentro quando a avistava e mentalizava: "menina-botão".

Acho que cheguei até a me apaixonar por ela, mas a burocracia para receber a permissão para se relacionar intimamente com uma pessoa do mesmo sexo era tão grande que eu desisti.

Fico com os rapazes do metrô. É higiênico e cômodo. Não corro o risco de eles me tocarem porque a fantasia é só minha, não a divido com ninguém.

Belém, belém...

Sinto pavor ao ser tocada.

Minha mãe pagou uma terapeuta durante mais de dez anos para descobrir a causa do meu constrangimento. Nunca descobrimos, mas eu gostava muito da minha terapeuta.

Todas as manhãs, de segunda a sexta, um amigo de mamãe me levava ao seu consultório. Ela me fazia falar, desenhar e até cantar.

Eu adorava brincar de paciente.

Eu inventava um problema para que ela me ajudasse a resolvê-lo.

Às vezes eu contava coisas que realmente tinham acontecido em casa ou no escritório, mas na maior parte do tempo só reproduzia cenas das novelas e dos filmes.

Ela acreditava em tudo ou fingia acreditar.

Não interessa mais.

Foi a única que eu conheci que já tinha ganhado o prêmio simpatia. Merecido. Ela era uma graça. Me ajudou muito. Me deu alta no ano passado porque iria se casar e o marido não queria que ela trabalhasse mais, exigiu exclusividade.

Essa atitude não me pareceu muito simpática, mas como disse minha mãe: "para cada pé cansado há um bom par de sapato usado".

Anotei no meu caderno. O verde. Ensinamentos de mamãe.

♪ Prêmio simpatia

O menino do metrô é bobo.
Tem uma cicatriz acima do olho esquerdo.
Esquerdo dele.
Direito para quem vê.
Usa o livro como carteira, engasga com a saliva e chora pelo olho esquerdo. Meu complemento.
Qual é o tempo que temos?
Mudo de lugar só para ver o título do livro que ele lê. Parece "uma faca no escuro".
Não sei o que é.
Nem quero saber.
Belém, belém, nunca mais fico de bem.
Me ignorou.
Não quis saber de mim.
Tenho raiva de quem sabe.
Sou apenas uma menina andando de metrô.
Obrigada a brincar de trabalhar, fingir que está tudo bem, que aceito as regras, que obedeço.
Entrei e parei.
Vinte sacolas para carregar. Adoro o Natal. Uso como desculpa para esvaziar o meu armário de presentes. Obrigações que mamãe mandou.
Aniversário, Páscoa e Dia das Crianças. Guardo todos. Nem preciso abrir pra saber que não vou gostar. Uma das minhas irmas também manda presentes. Aquela que não ri.

Elas devem ter um contrato com aquelas lojas que escolhem, embrulham e enviam os presentes. Todos fazem parte de um padrão. Combinam. Peças que aliviam o peso na consciência das duas.

Eu adoro. Refaço os pacotes e chego no escritório com vários embrulhos. Escolhi um a um. É uma tarefa que me alegra.

Na próxima encarnação eu poderia trabalhar nas tais lojas responsáveis pelos presentes.

Mamãe bateria na minha boca: "mal-agradecida" – ela diria.

O metrô treme. As sacolas marcam meus dedos. Dou duas voltas para que fiquem firmes e presas. Deixo assim até que os dedos fiquem roxos e eu não suporte mais a dor. Acaricio os vergões que se formaram. Quando eu era criança gostava de enrolar elásticos nos dedos quase até cortar a pele, ao tirar o elástico e passar a mão, parecia que eu me curava.

Os vergões iam desaparecendo aos poucos.

"Às vezes tenho a impressão de que essas palavras já estavam aqui. Eu só passo a caneta por cima, como na escola, quando aprendemos a escrever.

Preenchemos uma linha tracejada e pontilhada, cobrimos os vazios.

Era uma caligrafia redonda e caprichada.

Acompanhar o sentido. Passar por cima.

Altos e baixos.

De um lado para o outro.

Eu gosto do trabalho.

A tarefa me agrada.

Rio sozinha.

Só rio mesmo quando estou sozinha."

Escrevo só porque o médico mandou e a minha mãe paga o médico. Se eu não for, mamãe briga comigo. Tira o apartamento, corta a mesada e me prende no banheiro de novo.
Papai me libertava.
Mamãe chegava e me batia.
Eu não entendia.
Terror noturno. Fui até diagnosticada. Quiseram dar remédio, mas eu cuspia.
Primeiro ou segundo vão?
Detesta quando ele a esnoba. Ela não acordou bem. Sua mãe a visitou e ficou olhando na hora do remédio. Teve que engolir. O remédio é pesado, faz com que ela durma muito.
Acorda com dor na cabeça e nos pés.
De uma ponta a outra.
É como se doesse o corpo todo.
Preguiça, frio e cólica. Tinha que ir trabalhar. É uma das orientações mais importantes de bom comportamento social. Tem um bom emprego. Não conseguiu por conta própria. Suas irmãs trabalharam trinta anos antes dela para que ela tivesse essa chance, mas, eles não sabem, ela não tem o mesmo sangue das irmãs, não pertence àquela família, não pode pertencer. Jura que foi achada no lixo e que um dia seus pais verdadeiros virão buscá-la.
Uma mãe de verdade não tira a filha de casa para internar numa casa que não é casa.
Gente grossa.
Senta sem pedir licença.
Falam alto como eu, me irritam.
Ele me ignora. Brinca com o celular. Sai antes de mim. Não me espera e não me mima.
Desconfio
Quebrou o encanto
Belém, belém...

♪ Acenos

Acorda bem e declama. Anda pelo cômodo como uma atriz em cena. Acena para sua plateia imaginária. Encena seu monólogo. Sorri para o rapaz do metrô. Ele não a quer, mas ela vai insistir mais um pouco. Quando as irmãs saíam de casa, ela pedia me traz uma coisa. Elas sempre traziam. Era a doentinha da família, não podia passar vontade. Caía no chão e fingia uns tremeliques. Era fácil. Bastava fechar os pulsos com muita força, tremer o corpo todo e ficar revirando os olhos. Hoje o médico desconfia desse fingimento. Chama de pânico noturno. Essas crises poderiam ter ocorrido durante o dia também. Mamãe ficava de mal. Furiosa com a atenção que eu recebia e que hoje ela é obrigada a me dar.

De volta ao texto, projeta a voz
Seduz seu diretor sentado na frente do palco

Se não posso escrever
Se não posso falar
calo enquanto posso

se não posso andar, eu corro
se perder a cabeça, não pensa
se eu engasgar de novo

se ela voltar, eu choro
se ela descobrir, eu danço

se puder se mexer, estremeça
se tiver juízo, obedeça
mas se eu ficar aqui eu morro
mamãe não apareça

porque se eu não puder beber a leveza é claro que vou cair de boca e com a cintura presa na lança

se ela quiser, eu deixo

se ele voltar, esclareço
se tiver que decorar o texto

se eu me matar, esqueça

não foi nada

só desapareço...

eu gosto das coisas passadas
da época errada
da moda atrasada

ando para trás e me escondo
torço pelo time errado

procuro o fim
eu quero dançar a ladainha

derrapar na campainha
triste de rir

eu piso de maneira torta
não penso na volta e canso de mim

eu olho de lado
e desconfio

não passo na porta
espero a hora de ficar bem a fim

eu tenho uma mão que abre a porta,
a outra na janela e a terceira fogem de mim

eu gosto do cabide cor-de-rosa
a linha parece torta
com a boca morna eu agradeço seu sim

 se te procuro a alegria engorda, o desejo entorna e o sangue sai de mim

 não vou te esperar com a perna engessada, me ignora, passa adiante, o massacre de sair

 não tenho um sentido tão direto, o meu foco é no deserto das pessoas que vivi

 a fera está presa com gangrena pensando no teorema do dia a dia que há de vir

não sei decidir a roupa certa, minha blusa aberta e a saia
eu perdi

não penso se te quero por desejo, por malícia ou desprezo
mas o fim está aqui

♪ Cena de cinema

Errado é andar na direção contrária
Tive uma sensação de que peguei o metrô errado.
Não o metrô, o sentido.
A direção.
Errei o destino de novo.
É a terceira vez na semana.
Um sinal, um apito, alarme, buzina.
Barulho pra você ver.
As unhas foram enfraquecendo, descascando, quebrando.
Aspecto ruim.
A aparência aparenta a saúde.
Se você está diminuindo de tamanho não é a salsa que vai te curar
Seus problemas são outros
Pedaço de agonia
Se apropria de outras dores
e diz que sangra todo dia
Balelas... ele errou o texto
Saiu do personagem. Caiu na ladainha.
Não pensei que ele chegaria assim.
Ele não facilita.

Anda, se afasta.
Senta ao meu lado.

Sorri.
Fica pensando sobre o que falar.
Não há tempo.

A cadeira foi colocada para fora da janela.
Ele corre na chuva e não me espera.

Eu grito o seu nome. Ele para e vira
Respira fundo
Beijo de novela
Cena de cinema

Gulodices

Hoje a menina-botão inventou uma brincadeira pra nós duas.

Antes de sair de casa ela coloca algo no bolso e pede que eu adivinhe. Sempre com um grande sorriso no rosto. Ela diz: "se você adivinhar o que tem no meu bolso, é seu".

Ela me dá três chances.

Nunca acerto, mas mesmo assim ela me presenteia. Já ganhei um botão, um imã de geladeira com uma das meninas da turma do Snoopy, um pregador de roupa, um cadarço sem par e um colar de pérolas com o fecho quebrado. Forrei uma caixa de sapatos com um lindo papel estampado de flores e estou guardando o meu tesouro.

♫ Fim de semana na praia

Suas colegas combinaram de se encontrar na estação terminal do metrô. Ela chega mais cedo. Toma um café e come uma porção de pão de queijo. As três amigas chegam juntas. Envolvidas e animadas. Assim como Laura tem a obrigação de ir, elas também têm a obrigação de convidá-la.

Ao contrário do ditado, prefere estar má acompanhada. Elas caminham em direção ao ponto de ônibus que as levará à praia. Mar. Laura gosta muito da imensidão do mar. Lá ela se sente muito bem.

Se tivesse coragem, é lá que iria se matar, mas deve ser uma cena horrível morrer afogada.

Laura prefere a tranquilidade dos remédios que o médico lhe deu.

No ônibus Laura relembra o contrato que assinou para trabalhar na empresa. Queria ser aceita. Ao concordar com o documento padrão todos os funcionários devem se relacionar fora do escritório também.

Os homens que trabalham em outro departamento organizam futebol, churrasco e cervejadas mensais.

As mulheres celebram com grupos de discussão. Há temas diversos. Receitas de bolo, remedinhos caseiros, misturas infalíveis para tirar manchas das roupas e outros assuntos que podem e devem ser sugeridos pelas participantes.

» 83

Há ainda os grupos dos casados que podem participar individualmente dos grupos 1 e 2 e os programas exclusivos dedicados a eles.

No próximo ano os homossexuais ganharão um andar só pra eles. Laura queria participar desse grupo, mas não passou na prova de conhecimentos gerais.

Pena que a menina-botão não veio.

Laura para diante do mar. Aproveita que suas colegas estão distraídas na barraca de salgadinhos e finge escrever na areia.

Ri sozinha.

Lembra uma das primeiras vezes que esteve na praia. Sua avó materna tinha uma casa na praia, mas ela não gostava de Laura. Uma vez não deixou que ela entrasse na casa porque estava usando *shorts*. Disse que menina tinha que usar saias. Laura nem sabia onde tinha deixado as suas.

Ela ia com a mãe e as irmãs, mas ficava no carro. Aproveitava para olhar o céu, a rua, as pessoas.

Media as pessoas que passavam.

Após cinco banhos de mar, uma caipirinha, duas latas de cerveja, dois espetos de frango e um queijo quente, o grupo decide que já interagiram tempo suficiente e podem retornar às suas casas.

No caminho inverso do metrô para a sua casa viu o rapaz do metrô passar por ela de carro. Ela paralisou na calçada. Era o sinal que Laura esperava. Ele parou o carro há poucos metros a sua frente, no farol fechado. Ela teria tempo para correr e alcançá-lo. Chegou a projetar a cena. Imaginou-se correndo, parando na janela do passageiro e convidando-o para um café. O sinal abriu. Nada aconteceu. O momento passou.

Laura ficou só, mas desta vez não riu.

Metrô atrasou

Arroz queimou
O café ferveu
Dorme e acorda de novo porque o dia de hoje não valeu.

"o assustador não é a estranheza dos monstros,
mas sim sua familiaridade"

Desilusões de um americano – Siri Hustvedt

♪ Bônus

Nossa protagonista segue sua rotina impecável. Porém agora há um fato novo que ocupa todos os seus pensamentos. O futuro marido que ela persegue no metrô. Ele não sabe mas foi o escolhido para representar o príncipe dos seus sonhos.

Ele, Marcello Antony.
Ela, Alessandra Negrini.

Como em comercial de margarina.
Café da manhã na cama.
Beijo de novela.
Nem precisa escovar os dentes.
Lindos e perfeitos.

Finalmente ela poderá frequentar o grupo dos casados. Eles têm o dobro das atividades dos solteiros. E se tiverem a sorte de procriarem recebem um bônus uma vez por mês para participarem de atividades-surpresa!!!
Ela ensaia em casa as formas de abordá-lo. Atua diante do espelho. Foi no espelho que aprendeu a brincar de contrários. Decora as abordagens clássicas e tenta criar outras de acordo com o seu estilo. Hoje é dia sim. O remedinho fez efeito contrário.
No espelho a esquerda vira direita.

– você viu como esfriou de repente?
– hoje vai chover o dia todo
– nosso sistema funciona mesmo
– do jeito que vai só tende a melhorar
– tente rechear dos dois lados para amaciar a carne
– eu queria o rosa mas está esgotado na editora
– com tanta gente no mundo
– quer um biscoito?
– essa camisa é nova?
– seus pais também nasceram aqui?
– não, obrigada, fones machucam meus ouvidos
– tente experimentar o vermelho
– se você quiser eu te empresto o caderno com os assuntos da semana
– nessa estação só entram mulheres
– basta encaixar A com B
– você acredita que ela não consegue rimar "lé" com "cré"?
– nessa época é muito comum
– a voz de quem anuncia as estações. Sabia que é dublado?

♪ Facilidades

A resposta é sim

Se eu pedir pra ficar
Se eu esquecer de voltar
Se eu beber pra cair
Se eu não aguentar e fugir

A dança inicia com a fantasia da moça
Ri da empatia

Se a resposta é sim deixa que eu te abrace
Se a resposta é sim, eu quero
Se quiser dormir, te esqueço
Vou e volto com outro endereço
Se a resposta é sim, me despeço
Saio na hora passada
volto porque mereço
Não preciso do momento, mas agradeço

    Apaixonada, boba como a menina que não foi. Brinca de fazer poemas.
    Inventou um personagem desde o começo. Criou a gênese, a sinopse e o argumento.
    Transgrediu todas as normas para fugir do momento presente.

Não é a vida que pediu a Deus, mas ela pode imaginar que há um rapaz no metrô.
É capaz até de criar um nome pra ele. Pode chamá-lo de Lucas, Mateus ou Pedro.
Escolhe Lucas para combinar com Laura. Já pode começar a bordar as toalhas e os lençóis.
Monogramas em L.
Laura e Lucas, o casalzinho do século.
Nos teus pés há um bordado.
Letras brancas e rendado um pequeno coração.
Em tuas mãos coloquei um machado velho e quebrado para completar a tua missão.
No teu rosto há um momento, uma pele e um movimento que me fazem estremecer.

> "Às vezes me lembro de uma pequena coisa, como um quadro ou parte de uma conversa, e acho que aquilo realmente aconteceu, e tento me lembrar, e então me dou conta de que era um sonho."
>
> O encantamento de Lili Dahl – Siri Hustvedt

Agora já são 27 ou 28 dias sem trabalhar.
Caí da plataforma. Quebrei o pezinho. Não sei se me empurraram ou se pulei. Não lembro.
Ninguém sabe, ninguém viu.
Lucas pulou lá pra me salvar. Me tirou do buraco. Príncipe. Saiu até na foto do jornal. Deram um close no rosto bonito dele. De mim só apareceu minhas pernas e as manchas roxas. Minhas cascas de feridas que eu cutuco e não deixo sarar nunca.
Não ando mais de metrô, quase não saio de casa.

Fico esperando o dia passar.

Quem avisou mamãe? Ela traz pão, café e bolacha. Castigo da menina má que ela foi. Cuidar da filha que menos ama. Doentinha. Coitadinha. Não pode andar. Amnésia. Tem que esperar o mal-estar passar.

Leio sem querer. Ligo o rádio para cantar junto com a música. Eu esqueci todas as letras. Tento arrumar a mesa onde trabalho, mas paro na metade. Tenho falta de ar. Essa bagunça toda me cansa.

Mamãe vai arrumar. Portadora de bolachas recheadas. Acordou cheia de culpa por ter fundido a minha cuca e agora quer me agradar. Não adianta mais mamãe.

O silêncio me incomoda. Encho a boca de bolacha. Mamãe nem reclama mais. Ligo a tevê. Passo uns quarenta minutos mudando de canal.

É depressão, mamãe diz.

Como ela sempre sabe quando afundo? A supervisora deve ligar pra ela quando não vou trabalhar. Só pode ser a minha supervisora. Ela me odeia todos os dias que me vê.

Minha personagem está imóvel. Sem ação.

Texto inacabado, vazio e inapropriado.

Hoje foi um dia muito triste na escola.

Vou fazer de tudo para esquecer o que a professora me disse. Era a pessoa que eu mais amava no mundo até hoje.

Agora ela desapareceu pra mim.

Vou esquecer até do seu nome.

Eu sou uma aluna muito aplicada. Adoro a escola. Sou a primeira a levantar a mão para tudo, varrer o chão, apagar a lousa, distribuir as provas para os alunos.

Tudo mesmo.

Sempre me senti como a preferida da professora.
Hoje ela contou uma história que mudou tudo.

A fábula da lebre e da tartaruga.

Até me ofereci para ler o texto em voz alta. Ela aprovou a minha ideia.

Cada aluno lia um trecho. No final, ela se virou pra mim, eu sentava sempre na primeira carteira, e disse bem alto:

"Entendeu Laura? Você é a lebre!".

Nossa... eu fiquei muito triste. Foi uma crueldade o que ela fez comigo.

Abaixei a cabeça e chorei muito. Ela se aproximou e disse bem baixinho: "crescer dói né?".

Foi mil vezes pior do que as reguadas.

Sorte que era a última aula do dia e o sinal bateu logo. Fui uma das primeiras a sair da classe. Corri muito para chegar em casa. Na minha cama tinha um jogo de canetinhas coloridas com três cadernos embrulhados pra presente. Esparramei bem no meio da mesinha da sala e esperei papai chegar.

Indelicado é você não sonhar comigo todas as noites.

Rio sozinha na plataforma.

♫ Eu tenho medo do vão

Volto ao trabalho. Não tem outro jeito de me livrar de mamãe. Ela moraria lá em casa se pudesse. Mas ela não me aguenta tanto tempo assim. Vou mancando, mas vou.

Brinco com o seu nome. Rimo. Soletrando. Todas as letras que conheço. Separo as sílabas e torço flexões. Reforço a ideia contrária. Quase trinta dias sem te ver. Estava curtindo a minha ausência de todos vocês.

Mamãe cuidou de mim. Me deu remédio e bolacha recheada na boca. Minhas irmãs nem apareceram. Depois do último surto elas têm medo. Ficam tristes por me ver sofrer.

Garanto que não sofro. Estou ausente. Não sei o que acontece.

↳ Minha vez de jogar

Anterior ao dia de hoje, quando eu ainda não gostava de você e não vivia ansiosa na estação, esperando você chegar de repente ou entrar no meu vagão. Aguardo seu sorriso acompanhado de um convite: "Vamos se ver, amanhã se der. Ano que vem se eu puder...".
São pistas de você
Conexões que faço sozinha
Distimia
Provoco bocejo em tudo que vejo
Os dias esquentaram. Calor. Falta de ar. Sangue pelo nariz. Consultório do dentista. Na tevê crimes hediondos: "qual o nome do gás que matou a estudante?".
Mas não foi assim que aconteceu. Imagine que ela está sentada no penúltimo vagão do trem. Senta sempre no canto de costas para a direção em que o metrô segue, assim diminuem as probabilidades de que alguém se sente ao seu lado. Se entra no metrô e tem alguém no seu lugar tem vontade de metralhar a pessoa. Faz parte do jogo chegar a próxima estação com o lugar vago ao seu lado, mas nas duas vezes que isso aconteceu ele errou o horário, não pareceu, entrou em outro vagão. Ela esperou mais de três semanas para que ele finalmente se sentasse ao lado dela. E foi ele quem iniciou a conversa:

– O que você tanto escreve no seu caderninho?

Ela demorou um pouco para ordenar as letras e respondeu:

» 95

– Nada. Registro os acontecimentos cotidianos.
– Um diário?
– Não. Escrevo sobre o que não aconteceu também.
– Um dia você me deixa ler?
– Não. Eu escrevo pra mim.

Fiz um mistério para parecer interessante a ele. Se eu já contasse do médico, da mamãe, dos meus tombos e das minhas ausências ele poderia mudar de lugar e nunca mais olhar pra mim. No começo precisamos fingir que somos melhores. Aprendi tudo no manual de conduta.

♫ Sobre o vestido vermelho

Muitos dias passaram depois desse encontro tão gentil. Até febre ela sentiu. Durante o dia consumia-se com os montes de textos a serem datilografados. Chegou a roubar pastas das mesas vizinhas. Em casa deitava nua e acariciava seu corpo tentando lembrar-se da sensação de ser tocada. Depois que gozava chorava com medo de que mamãe chegasse de repente e lhe desse uma surra, a trancasse no banheiro e a tirasse de casa. Teve um impulso com os produtos de limpeza, mas ainda era cedo. Queria usar o vestido vermelho. Faltavam algumas semanas para seu aniversário de trinta anos.

Ri e canta sozinha: "nesta data querida"...

♪ O primeiro pecado

Um dos pecados que praticava melhor era o da preguiça. Tinha preguiça das pessoas. Em uma das raras reuniões mistas da empresa foi abordada por um colega. Ela acha que ele a convidou para um daqueles programas obrigatórios da sexta-feira.
Finge para agradar. E finge que tudo lhe agrada.
Defeituosa.
Laura veio com defeito de fábrica.
Por isso não deixa que o médico lhe examine a cabeça, leia seus pensamentos. Ela poderia ser banida do jogo e nenhum outro time a aceitaria.
Quando o tal a abordou, ela sentiu nojo.
Tinha medo de ser tocada.
Fingiu uma tosse para ir ao banheiro. Engasgo conveniente.
Lembrou-se de um filme onde uma aranha seduzia uma presa, sugava seu corpo e a largava. Murcha.
Preguiça de mim. Preguiça de achar que sou alguém.
Sou pior do que a aranha.
Cruzou o olhar com uma conhecida no metrô. Acha engraçado a cara das pessoas durante os segundos que se leva para processar a informação. Era uma das muitas garotas do escritório. Laura passou bem pertinho dela e deu um meio sorriso levantando o lado inferior direito do lábio.
Só isso.

♪ Água suja é bom

Lucas seria a salvação de Laura. Ele a faria uma mulher melhor. Terminaria com seu desejo de preguiça, vingança e ira. Tantos dias se passaram até que ela o encontrou finalmente. Dessa vez foi ele quem contou um sonho que tivera com ela. Este seria um bom motivo para Laura esquecê-lo. Preguiça do outro.

Laura quase lhe entregou um de seus cadernos para que ele escrevesse, mas se conteve e tentou prestar atenção para entender a narrativa:

Ele andava numa rua escura, suja e vazia. Tinha a sensação de estar sendo seguido, mas não tinha coragem de olhar para trás.

Do chão começaram a aparecer plantas feitas de papel. Ele passou a arrancá-las e comê-las porque, na lógica do sonho, ele ficaria mais forte.

Quando sentiu que poderia enfrentar o que ou quem lhe seguia ele se virou e deu de cara com ela. Era ela quem o seguia.

Ele sentiu muito medo e fez força para pular, quando conseguiu caiu dentro de uma bacia gigantesca, cheia de água...

– A água era suja? – ela o interrompeu.

– Não lembro. Acho que era suja mas depois ficou limpa.

– Minha mãe diz que se a água for suja é bom. É a água limpa que não presta.

♪ Jogo da memória

Laura conseguiu seu emprego no escritório graças a suas irmãs que trabalharam trinta anos ininterruptos para a grande empresa. Elas prestaram um excelente serviço. Mesmo com uma diferença grande entre as gerações, o nível de exigência profissional não mudou muito, e ser contratado para trabalhar naquele escritório dava muito prestígio à pessoa.

Mas Laura era extremamente tímida e calada. Não conseguia se relacionar com os funcionários e isso prejudicava sua avaliação perante os supervisores do departamento maior.

Felizmente tal situação mudou no dia em que a empresa resolveu oferecer uma festa gigantesca aos funcionários. Todos foram obrigados a participar alegremente e a beber e comer muito, demonstrando satisfação e honra por participar do grupo.

Laura não sabia e nem podia beber. Perdia o controle fácil e a mistura com os remédios poderia ser fatal. E ela não queria morrer em público. Tinha escolhido quando e onde desapareceria.

Não podia se arriscar.

Mas para seguir as convenções experimentou um pouco de batida de limão com pinga e açúcar com relaxante muscular usado para derrubar cavalos.

Estava rindo numa roda de garotas e falava tudo de trás pra frente.

As meninas se assustaram e foram saindo do grupo.

Só sobrou a menina-botão. Ela também se medicava e estava se divertindo com a semibebedeira de Laura.
Riram juntas.
Cúmplices contra todos.
Lembraram-se do dia em que a menina-botão chegou ensopada no escritório e Laura lhe perguntou sobre uma sombrinha linda e colorida que ela tinha. Menina-botão explicou "Porque é sombrinha ué! Só uso quando tem sol", e deu uma de suas gargalhadas incríveis.

Jogo da memória
Fotos concretas com menina-botão
Imagens soltas e/ou presas às palavras
Palavras soltas e/ou presas às formas
Jogo revisitado
"Jogo da amarelinha"
Do azul, branco, vermelho e preto
"trem das cores"
"poesia concreta, prosa caótica"

♪ Para quem sabe rimar lé com cré

Laura saiu e deu doze voltas no quarteirão até decidir se iria procurá-lo. Ela sempre agia assim. Chegava à porta do cinema e percebia que o filme demoraria muito para começar (ponto A). Então, ela andava até o ponto B (são quinze minutos) e os filmes em cartaz não a interessam. Um deles ela já viu e os outros passarão em horários incompatíveis. Ela lembra do ponto C (bem próximo ao B) mas fica em dúvida se volta ao A para confirmar os outros filmes ou se deve dirigir-se ao C de uma vez. Essa indecisão leva mais ou menos quarenta minutos. É exatamente o tempo que ela não quis esperar no ponto A.

Se distrai em lojas de roupas, sapatos e quinquilharia.

Não viu o filme que queria e gastou dinheiro que não tinha.

Laura não quis contar ao médico, mas ela tinha um problema no trabalho. A supervisora não gostava do seu cheiro. Ela chegou a rosnar para Laura, tentou mordê-la e roeu todas as suas unhas.

Sua mãe lhe ensinou esta oração:

"Ferida na boca, pereba do mal dizer
Palavras que ferem, agouro de você
Maldição da bruxa que olha com intenção
Mau-olhado desgraçado, bate e volta na sua mão
Dona de magias, vazia de coração

Segue sozinha, pastarás sem razão
Bruaca da rua de baixo, morre pela tua boca
Lacraia solitária de autoestima pouca
Se ela não demora precisa arrumar um namorado
Sozinha é uma senhora de língua apodrecida
Fede como o danado da cara deformada
Manca e condenada, morre desgraçada
O que tu lanças a ti será retornado
Terás a mão dobrada e a pele queimada
Teus olhos secarão
Eu desejo que vivas para sofrer a angústia de ser ignorada
Sai pra lá alma penada, vai gritar do outro lado".

Dos sonhos

Nada combinava. Nasceram um para discordar do outro. Unidos pelo desejo de Laura. Se ele quisesse, ela desistiria. Desceu sorrindo sozinha na estação combinada. Corpo pesado de outra noite maldormida.
Pesadelo com estrada.
Ele na frente. Ela atrás desejando que ele parasse para esperá-la.
Ele se volta e seu rosto é outro.
Perdeu todos os dentes.
Foi ao dentista por causa da inflamação.
Dentro da sua boca ela via o outro lado da estrada, um barco, um cachorro e uma xícara.
Foi só uma parte do tempo.
Eu esperava por um milagre e ele não veio.
A perna ficou presa no vão entre o trem e a plataforma.
Do outro lado ela sorria. Acenando pra mim.
Única chance de encontrá-la, dar de cara com seu abraço.
Pular e me prender na vida eterna.
Do além.
Amém.

Próxima estação

Hoje ele me bateu com força. Pensei em tomar de uma vez os comprimidos.
Não é a hora.
Ele me empurrou nos trilhos e ficou esperando pra ver eu me estraçalhar.
Estou acabada.
Essa caneta pesa uma tonelada. Faço força para levantar e ir trabalhar. Sou obrigada. Não deveria ter aceitado as regras. Podia ter me recusado a sarar e ficaria na clínica. Lá eu comia e bebia de graça.
De graça não, porque mamãe pagava. Aqui fora ela paga também, mas eu tenho que me mexer. Na clínica era tudo limpo e organizado. Artesanato, horta e academia. Hotel dos loucos. Bastava fingir um pouco, fazer um olhar distante, falar coisas aleatórias.
Estou fraca. Não consigo sair do metrô. Fico indo e voltando da primeira a última estação. Se o guarda me pegar, tomo mais uma advertência. Vou fazer uma cara de coitada e dizer que me perdi da mamãe. Moço me leva pra clínica? Tô com tanto frio. Não consigo abrir os olhos. Três comprimidos caíram mal. Estou com ânsia. Tusso até engasgar. Choro pelo olho maldito.
"Moço me dá a mão? Deixa eu deitar no seu colo? Canta pra mim. Me abraça pra ver se o frio passa.
Me ajuda a sair da estação.

Não conheço esse caminho.
Ninguém gosta de mim, moço.
Eu sou uma coitada.
Ninguém mais acredita na minha cara de doente.
Será que adianta cair no chão e tremer um pouquinho? Posso até revirar os olhos se o senhor quiser.
Estou em transe.
Meu rosto paralisou nessa expressão. Dizem que tenho cara de brava, mas eu não sou brava.
Eu não sou nada."
Duas sentenças negativas querem dizer sim. Porque o professor me ensinou. Ele disse não + não é sim. Não entendi. Se eu negar duas vezes é porque aceito. Como é possível?
Sim + não é não. O não é mais forte.
O não sempre ganha no final.

♪ Sobre as cores

– Pode pintar da cor da pele mesmo...
Diálogos com a manicure.
– Da cor da pele de quem, Dona Laura?
– Bege, da cor de quem tem a pele bege...
Se ela perdeu a hora, alguém deve ter achado.

♪ Insolação

Laura esqueceu a primeira vez que o viu no metrô.
Não sabe se aconteceu ou se inventou.
Ela pode jurar que viu sua foto na capa de uma revista e que a partir dali a história veio pronta.
Quando entrou no vagão, ele olhou diretamente pra ela. Ela tremeu. Ele sorriu. As pernas enfraqueceram. Fingiu um desmaio.
Caiu espalhando pérolas falsas no chão do metrô.
Ninguém percebeu que ela caiu. Levantou e chutou as bolinhas de plástico para o vão existente entre o trem e a plataforma.
Ouve aquela voz dublada de novo: "o intervalo entre os trens é de apenas três minutos".
Decide esperar nove minutos.
Três trens passaram e ele não veio.
Três trens tristes.

♪ Passa a morte que eu tô forte

No terceiro encontro ela decidiu que deveriam ter uma música. Ele achou estranho mas não disse nada. Ela já estava achando ele meio chato mesmo. Todas que ela sugeria ele entortava o rosto, precisava fazer caretas para discordar do mau gosto que ela tinha? Ela cantarolava trechos. Ele ria envergonhado. Ele desceu e ela ficou quieta, vazia das canções. Músicas que não significavam nada pra ela também. Ela as ouvia apenas para cobrir o silêncio da casa e da cabeça. Diz o ditado que a cabeça não pode ficar vazia. A sensação de peso crescia dentro do seu corpo. Inchava. Se arrastava para o trabalho.

"Laurinha... Laurinha..."

Ouviu alguém gemendo.

Seu nome era fácil, dava pra entender até de trás pra frente. Chamou só duas vezes, melhor assim, se fossem três, mamãe dizia para não responder e mentalizar outras três vezes: "passa a morte que eu tô forte".

Para evitar o terceiro chamado, Laura se virou e não identificou aquela pessoa. Agora era ela que não reconhecia o rosto. Era sua vez de receber o meio sorriso com o lado inferior esquerdo do lábio (ou seria o direito?).

A mulher parou bem na sua frente e murmurava coisas do tipo: "querida/é você mesmo/que saudade/quanto tempo/você está linda".

Segura a mão de Laura que tenta se livrar do incômodo. A outra continua: "e sua mãe/suas irmãs/a última vez que nos vimos foi no velório do seu pai".

Ela segura firme no braço de Laura com as duas mãos, vai andando com ela em direção às escadas que saem do metrô, não aquelas que entram.

Acredita que ela falou algo sobre café e vai conduzindo Laura.

Laura treme. Suas pernas começam a tremer.

Como fazer pra se livrar daquele toque? Quem é aquela senhora? Que tipo de pessoa vai agarrando o outro assim?

A mulher reza sua ladainha: "Edinho/gostava de você/separado/sua mãe/revê-la/saudade/primeiro namorado/contato/cinema/jantar/novo casamento".

Silêncio.

A outra espera uma resposta. Sem saber que perdeu um futuro brilhante e promissor, Laura levanta e sai.

Abandona a futura sogra amorosa na calçada.

Laudo médico

Hoje era a festa do ano-bom. Era obrigada a sorrir. Se a supervisora percebesse sua ausência, cobraria respostas, soluções e/ou justificativas. Seria encaminhada ao neuro em três vias. Já tinha seu próprio médico. Mamãe comprou pra ela. Era melhor fingir e tudo bem.

Sorriu sozinha.

De acordo com o padrão previamente estabelecido, estava dentro do nível exigido de alegria determinado para celebrar o ano velho, não, o ano-novo.

Intervalo

Ela esperou vinte e cinco minutos de intervalo entre um trem e outro. Ele chegou. Estava ansiosa para lhe contar sobre a promoção do escritório. Agora ela teria duas máquinas ao seu dispor. Brilhava de tanta excitação. Dez anos que valeram sua pena. Ela correu ao encontro dele e contou. Ele olhou para o espaço entre o trem e a plataforma e disparou: "legal, parabéns". Assim mesmo, em minúsculas, sem exclamação. Só isso. Constatação. Ela voltou para casa repensando sua paixão. Semanas alimentando aquele canalha. Bastava tirá-lo do pedestal. Tombá-lo com um tapa.

↶ Parte dele

Ele saiu do metrô sem desconfiar por que ela ficou tão chateada com ele. Ela mudou a fisionomia quando ele disse "legal". Ele foi sincero. Quis realmente parabenizá-la, mas ela parecia tão infantil. Fazia cara de "estou de mal". Só faltava cruzar os dedos sobre os lábios e gritar pra mim: "Belém, belém, nunca mais fico de bem"... Ele subiu as escadas rolantes rindo sozinho. Assim que ultrapassou a catraca já tinha esquecido dela.
Mas a história que eu escrevo não é a dele. O que ele pensa ou sente não nos interessa.
A protagonista aqui é Laura, que hoje acordou radiante. Levantou cedo, arrumou a casa. Lavou toda a roupa e descansa no sofá, acompanhada por seus ídolos das comédias românticas. Vive cada uma das cenas como se fossem suas. Fecha os olhos para beijar o mocinho. Dubla a fala das meninas. Decora o jeito que elas falam e arrumam o cabelo. Sua mãe reprovaria: "pare de ver porcarias e trate de fazer algo útil".

♪ Bailarino

Ela aceitou o chiclete que ele ofereceu mesmo sem gostar.
Escreve letras de música para comovê-lo. Ele não sabe, mas terá sua última chance. Fica em dúvida se ele não entende ou se finge como ela também. Se esforça para tocá-lo. Ele se esquiva. Medo, nojo ou...
Teria que ler o livro que fala sobre ele para saber, mas ainda não foi lançado.
Ela o provoca.
Inventa situações para serem descritas no pequeno diário.
Precisa de assunto para levar ao médico.
Lembrou porque se interessou por ele. Lucas ouvia música e mexia os lábios como se estivesse cantando. Ela se esforçou para reconhecer a música mas não conseguiu. Melhor assim.
Se ele tivesse um péssimo gosto, ela nem se levantaria da cama para ir vê-lo. Nem se daria ao trabalho de mexer no cabelo ou correr na ponta dos pés.
Riu sozinha.

Belém
Belém
Nunca mais fico de bem
Repete como se fosse um mantra a oração que vai lhe proteger.

Promete que não será gentil com ele outra vez. Ri sozinha da sua atitude infantil. Mamãe diria: "é por isso que você está sozinha.

Nenhum homem te aguenta. Isso não é atitude de mulher. Você precisa crescer. Quando você vai mudar? Será possível que você não aprende nunca"?

As palavras eram sempre as mesmas. Mudava a ordem. Mas era sua vez de orar, sua vez de repetir a ladainha.

Palavras vazias, mas mamãe sabia que precisava cumprir o papel de mãe. Aquele era o roteiro. Filha coadjuvante no seu espetáculo. Tinham somente aquele texto e nem dava tempo para ensaiar.

Decoravam de tanto repetir.

Próxima estação: Consolação.

Gostava da sua rotina na maioria das vezes.
Quando cansava, bastava inventar algo novo.
O médico aprovava.

Espalhava revistas com fotos de lugares próximos a cidade que os colegas do escritório poderiam se animar a conhecer. Já que eram obrigados a promover passeios em grupo uma vez a cada dois meses, ela criava estratégias para que todos pudessem agradá-la.

Sua mãe diria que ela gostava de ser mimada e que isso a tornava chata.

Ficava revoltada com a mãe, mas hoje admite.

É isso mesmo.

Quer ser mimada.

Mimada pelas pessoas e do jeito certo.

Alguns confundiam mimo com puxa-saquismo e isso ela não suportava.

Mentalmente colava a foto da pessoa num mural e ia diminuindo a imagem de tamanho até que ela desaparecesse e tornava-se invisível.

Depois da morte de Laura, sua família, colegas e vizinhos foram convocados a depor no tribunal. Laura tinha cometido um crime hediondo.

Que ela era culpada ninguém tinha dúvidas.

Só precisavam decidir quanto a família deveria pagar ao Estado pelo crime. Uma determinada quantia, todos os meses. Até o fim da vida de todos os membros da família.

Tal medida foi adotada pelo sistema para diminuir o número de atentados das pessoas contra si mesmas. Atualmente as ocorrências eram raras. Não era considerado de bom-tom deixar essa dívida eterna para os parentes. Era mais barato levar uma vida medíocre a ter seu nome inserido nos processos.

Sua mãe foi a primeira a depor:

Laura foi uma garota terrível. Desobediente, nervosa e mimada. Seu pai a protegia e isso me irritava mais ainda. Ele fez o mesmo com as gêmeas até elas passarem dos quinze anos, até Laura nascer. Os dois passavam horas vendo programas na tevê que eu não suportava. Faziam tudo juntos. Era uma provocação só. Eu tive sorte de ele ter morrido assim que ela decidiu sair de casa. Ele e ela se mereciam.

Quando as gêmeas fizeram quinze anos, ele ficou bobo assim. Ela o manipulava. Ficava sentada bem no meio da sala com um jogo de canetinhas que o pai tinha dado pra ela.

Ela tinha somente cinco anos, mas pegava os cadernos das irmãs e ficava copiando letras e desenhos sem entender o significado daquilo que copiava. O pai achava o máximo, a incentivava e comprava mais canetinhas e cadernos novos pra ela.

Ela me olhava e ria. Me desafiava sempre, me provocava e quando eu pegava o chinelo para lhe dar uma surra ela caía no chão e fingia um ataque.

Até missa eu mandei rezar por ela.

Hoje eu sei que ela fingia, mas, na época, os médicos ficavam preocupados. Pediam exames e passavam montes de remédios. Ela se fazia de doentinha. As irmãs não podiam sair pra nada que ela gritava:

"Me traz uma coisa".
"Que coisa?" – uma delas perguntava.
"Uma surpresa" – Laura respondia.

As irmãs saíam rindo, achavam bonitinha a maneira como ela falava. Eu não tive mimos na infância. Comecei a trabalhar com a minha mãe desde sempre. Não tive folga. Nunca tive o luxo que ela teve e não podia nem pensar em fingir um ataque para fugir das surras da minha mãe. E olha que minha mãe nem precisava bater, bastava o olhar. Um péssimo olhar. Paralisava de tanto medo. Parava a malcriação e obedecia. Um dia eu peço a essa moça aí pra escrever sobre a minha vida. Daria um livro.

Depoimento de Felipe:

Laura era uma menina linda. Pequena, um pouco menos que um metro e sessenta. A pele branca e um olhar ausente, muito triste.
Andava sempre sozinha.
Não falava com ninguém, mas era sempre muito bem-educada. Sempre cedia seu lugar no metrô, esperava as pessoas descerem antes de embarcar e, na escada rolante, permanecia parada somente do lado direito. Esquerdo caso alguém estivesse olhando de frente.

Caminhava devagar porque mancava um pouquinho da perna direita. Vestia-se com simplicidade. Só usava cores neutras, aquelas bem apagadas.
Não usava maquiagem.

A não ser no dia de sua morte que ela, decididamente, saiu do roteiro. Aquele vestido vermelho. Eu deveria ter desconfiado, mas achei que era uma das festas da firma.

Ela parecia viver num outro mundo. Tinha um jeito delicado de passar a mão nos cabelos. Gostava de escrever no metrô. Sempre que conseguia um canto ela escrevia. Virava o caderno para a janela. Eu não conseguia ver. Visualizava no reflexo do vidro o texto invertido, mas não conseguia traduzir.

Eu cuidei da sua vida durante dez anos. Desde que ela saiu da clínica e foi morar sozinha no centro. A mãe dela me pediu que eu ficasse de olho porque ela costumava cair muito e ter uns ataques de ausência.

Fui escolhido porque sou enfermeiro e poderia socorrê-la rapidamente. Uma vez a estação estava muito cheia e um grupo de baderneiros iniciou um pequeno tumulto na plataforma.

Eu vi que ela estava horrorizada com aquela movimentação estranha e tentou se afastar do grupo. Ela se desequilibrou e caiu nos trilhos. Não hesitei nem por um momento. Pulei logo para resgatá-la, mas um dos seguranças já estava com ela nos braços, posando para fotos.

Ela foi levada para uma sala reservada e demorou muito para sair de lá. Até que todos os presentes fossem advertidos por transtornar o embarque no metrô. Advertência grave. Tratava-se de uma regra clara: "não provocar situações de risco, pânico na multidão".

Foi um dia estranho.

Quando saiu do ambulatório, deu mais de umas dez voltas no quarteirão até acertar a sua rua.

Eu estava quase interferindo, mas acho que ela reconheceu o porteiro do seu prédio e o seguiu até em casa.

Ela era tão simples. Uma menina doce. Uma criança perdida nessa cidade tão grande. Unhas pequenas e roídas. Tremiam quando ela ficava em pé no metrô. Ela parecia tão desconfortável.

♫ A máquina que produzia o cotidiano

Os dias no escritório estavam se repetindo. Houve um problema com o gerador do cotidiano, logo, todos tinham que representar sempre o mesmo dia.
Como no filme, só que de verdade.
Cumprimentos pela manhã, monotonia dos relatórios datilografados, piadas na hora do almoço e pequenos desentendimentos com a supervisora.
Vinte dias repetidos.
Acordava todos os dias com a sensação de que não aguentaria mais. Faltava um mês para o seu aniversário. Fim da rotina.
Copiou um diálogo inteiro no metrô:

"depois ficou esperando a conta do telefone chegar
ela sujou o nome dele
vendeu o apartamento e comprou uma casa
saiu pra morar numa pensão com um amigo
primeiro ele falou que ia vender pra botar na poupança das crianças
precisa pensar porque depois se arrepende
ela vai embora pra Bahia
ela precisa agora achar o caminho dela
não saiu no jornal
(acho que discutem o futuro dos filhos)
a gente não tem coragem pra nada..."

Letra cursiva ou bastão
Laura fica animada
Parece uma novela! Tem vontade de descer atrás das velhinhas. Como falavam bem!!!
A menina-botão pediu que eu anotasse tudo no meu caderninho para não esquecer as coisas. Será que tenho que anotar tudo ou só o que é importante?
Quanto tempo depois eu esqueço?
As coisas que eu lembro aconteceram ou eu esqueci o que aconteceu e invento tudo a partir de agora?
A menina-botão me ajuda a formatar meus pensamentos.
Aquela reguada realmente aconteceu.
Preciso parar de forçar minha cabeça.
A dor começa muito rápido.
O remédio age em dez minutos.
Sorrio ao sair do metrô.
É um sorriso bem estranho. Imito a menina do filme. Começo a rir e não paro mais.
Os seguranças me abordam. Vejo a preocupação na cara deles e tenho mais vontade de rir. Meu corpo treme. Rio tanto que engasgo. Quando engasgo eu choro pelo olho direito, esquerdo para os seguranças que estão me olhando atônitos.
Acho que é a primeira vez que atendem a esse tipo de ataque. Me seguram pelo braço. Um de cada lado. Estou presa pela direita e pela esquerda. Não importa quem vê.
Rio de forma histérica.
Quanto mais eu rio mais eu tremo e choro.
Eles falam comigo. Acho que tentam me acalmar, mas o fato de não entender o que eles falam faz com que eu ria, trema e chore mais e mais.
Engasgo.
Acordo no hospital.

♪ "Ele não foi, não ligou e nem mandou presente"

Primeiro diálogo que ouve ao entrar no metrô.
Vinte dias depois.
Olha com raiva para as duas garotas.
Precisa falar tão alto assim?
Ficou deprimida com a história.
Nem ligou quando um homem calvo e tranquilo lhe sorriu.
Ela não sabe e nunca vai saber, mas aquele era seu destino certo. Ali junto com o novo cotidiano estava seu final feliz mas ela deixou passar. Nem percebeu.
Presta atenção numa propaganda do metrô:
Copiar receita que nunca vai fazer?
Comprar livro que nunca vai ler?
A solução era empregar uma pessoa que fizesse tudo por você.
Você escolheria as receitas e a tal pessoa entregaria tudo pronto na sua casa, sem taxa adicional.
Quanto ao livro, era um pouco mais chato, porque além de comprar o livro você tinha que pagar um café para que a pessoa lhe contasse a história.
Teve sorte algumas vezes. Conheceu pessoas bem legais, mas não podia contratar sempre a mesma pessoa, porque corria-se o risco de o empregador ou empregado apaixonarem-se ou virarem amigos e, assim, não poderia mais cobrar pelo serviço prestado e isso geraria uma queda na economia do sistema.

» 131

♪ A parte do clipe

Tipo um *flashback* com todos os homens que já teve fantasias, sexuais ou não. O primeiro que aparecia era o advogado que a processou, depois o artista plástico que nunca lembrava o seu nome e o músico-cantor que era fixado no próprio corpo.

Mais atrás na fila, o vendedor surdo-mudo que queria se casar com ela por pena, piedade, porque ela estava sempre sozinha.

Ele não sabe, mas ela ria muito sozinha.

Clipe de filme romântico.

A música do clipe se funde ao despertador de Laura.

Das revelações

Repete seus gestos de início do dia.
Desta vez nós a olhamos de um novo modo.
Agora sabemos que ela nunca viveu nenhuma dessas paixões.
Depois da morte do pai, saiu de casa e só voltava quando era obrigada a cumprir as metas do ritual familiar.
Dia das Mães, aniversário da sobrinha que morava com mamãe e Natal.
No começo a mãe e a pequena cobravam sua presença, mas a mãe arrumou um novo namorado e uma nova família para ela e sua neta. Elas pareciam felizes.
Laura cumpria favoravelmente seu papel de tia, filha e enteada simpática.
Remedinhos mágicos.
As duas nunca apresentaram uma reclamação formal contra ela.
Ligavam para ensaiar uma cena, mas nada que causasse problemas a Laura. A não ser quando sua mãe se instalava no seu apartamento para representar "mamãe maravilha".
Toda essa ladainha se propõe a explicar-lhes que, depois da morte do pai, Laura saiu de casa em busca de outro homem que a sustentasse e a fizesse feliz como nas propagandas de margarina que ela adorava.
Dez anos de terapia para descobrir que nunca mais deixaria que um homem a tocasse.
Firme na luta para purificar seu corpo, estava pronta para se entregar ao primeiro cavalheiro que a olhasse no metrô.

♪ "Parabéns pra você..."

Novidade na empresa: o livro do mês!!! Um projeto em implantação na firma. Funcionava de maneira simples e eficiente. Cada funcionário tinha o direito (na verdade era dever mesmo) de escolher um livro que seria lido por todos no prazo de um mês.

Durante todo o mês seguinte cada um tinha seu momento para demonstrar sua opinião sobre o livro. O funcionário era escolhido de acordo com o tempo de serviço.

Na sala de Laura tinham dezesseis fileiras, sendo oito de cada lado com um largo corredor no meio que direcionava a sala da supervisora. Cada fileira possuía oito mesas, logo, eram sessenta e quatro pessoas. Sessenta e uma porque uma estava de licença-gestante, a segunda tinha tirado licença para pescar e a terceira em treinamento para substituir a funcionária da mesa vinte e três que havia sido transferida para outro grupo, porque se recusou a receber os colegas de trabalho na sua casa, para uma divertida reunião de final de semana, com direito a cerveja, caipirinha, jogos de tabuleiro e comida árabe se houvesse tempo.

A comida variava porque dependia do restaurante que patrocinava o evento.

Voltou às contas em relação ao tempo que levaria para que ela indicasse o livro do mês. Dois anos e três meses. Ela não precisava se dar ao trabalho.

No fim desse mês ela passaria desta pra melhor, caso o ditado esteja certo.

...

Acordou sem nenhum tipo de pensamento. Sábado e domingo eram dias nulos. Não encontrava nenhum conhecido no metrô. Saiu de casa apenas para alugar uns filmes e comprar pães e sucos. Almoço e janta. Fazia parte do protocolo.

Chegou em casa na hora do jornal. Prestou muita atenção para entender o significado das palavras, mas não conseguia. Novela era mais fácil. Ela gravava e ficava repetindo cenas que considerava importantes até entender e anotar as falas dos artistas.

Sonhou que estava com Lucas. Ele a cumprimentava com um sorriso. Ela retribuía. Ele a convidava para um café. Ela perguntava se podia ser um chá. Ele sorriu mais. Saíam e não voltavam nunca mais. Longe dos subterrâneos. Acima da superfície.

♪ "Agora e na hora de nossa morte!"

Acordou sem luz no apartamento.

Desceu as escadas rezando porque na noite anterior dormiu antes de concluir suas preces. Sempre que acontecia se sentia culpada e finalizava a oração pela manhã. Sua mãe diria que quem sente culpa não melhora com orações.

Seus pedidos eram muito simples. Na verdade, só tinha dois. O primeiro que nunca perdesse o emprego para não ser obrigada a voltar a morar com mamãe e o segundo casar-se logo com Lucas para poder finalmente participar das reuniões dos grupos dos casados.

Mas ela só rezava por isso quando esquecia que tinha planejado seu suicídio para o final do mês de seu aniversário.

Trinta anos de Laura.

♪ "O Ministério da Defesa adverte:"

Num canto do vagão, Felipe observava Laura. Velho conhecido seu. Era ele quem lhe acompanhava na terapia. Sua mãe o contratou para cuidar da vida de Laura. Quando ela caía ou tinha crises de ausência era ele quem a levava para o hospital.

Laura nunca saberia, mas foi Felipe quem resgatou seu cachecol do vão entre o trem e a plataforma.

Chegou ao trabalho e logo esqueceu a mãe, a oração e o anel que tu me destes. Uma enorme pilha de novos textos a esperava em sua mesa. Os dias repetidos se acabaram. Novos dias. Sorriu sozinha.

Ela sempre ria sozinha.

Sandália com meia

Ela ultrapassou a cota permitida de conversas no ambiente de trabalho. Mas o assunto estava tão bom que eles gastaram um pouco mais do que quinze minutos. Ele trabalhava no terceiro andar. Deveriam passar a semana sem falar um com o outro. Até mesmo um econômico "bom-dia" poderia lhes render uma nova advertência por escrito.

Laura tinha medo das advertências. Fugia delas. De todas elas. Aquela que vem nos maços de cigarro ela cobria com um adesivo.

Não era o mesmo que o dentista distribuía aos seus melhores pacientes, mas era um adesivo.

♪ Aparte

Estou treinando todos os dias.
 Eu acompanho o movimento dos lábios de quem fala comigo e tento formar as palavras pelo avesso.
 Leio tudo ao contrário. É fácil. Você fica em silêncio e concorda com tudo que o outro diz. Se sentir uma frase interrogativa você faz uma cara de dúvida e murmura: "não sei", "talvez", "pode ser". Até hoje deu certo. Ninguém percebe meus truques. Finjo ser amável. Mas eu sou amarga, rancorosa e já desejei o mal para algumas pessoas. É claro que depois eu me arrependo. Rezo, choro e evoco a imagem de minha mãe me xingando.

Durmo no vagão.
Acordo no fim da estação.
Estou sozinha no trem.
Desço desorientada.

Essa estação é nova. Procuro no vão o destino correto.
 Sou abordada por um segurança que pergunta: "qual é a estação". Deduzo pela sua expressão.
 Digo que errei de lado. Peguei a direção errada.
 Pela sua cara desconfio que me peça para que eu o acompanhe. Anda na frente, mas sem tirar os olhos de mim. Esse treinamento deles é bom mesmo. Fico nervosa. Não conheço a infração que cometi. Ainda não li o código inteiro, mas até o

fato de ignorá-lo já é uma falta gravíssima. Subimos uma escada rolante e caminhamos por um longo corredor. Meu coração dispara. Minhas pernas estão tremendo.

Minha mãe diz que quando você é pego numa situação de risco, precisa se acalmar e controlar o pânico porque se eles percebem que você está nervosa aí sim vão desconfiar de algo. Tento me concentrar para ficar calma. Essa tensão me deixa pior e confusa. Olho para o teto do corredor e sinto que ele vai ficando mais baixo. Quando sinto que vai me esmagar fecho os olhos para não ver.

Se estivesse num sonho poderia acordar, mas e quando o perigo acontece quando você está acordado você pode dormir para escapar?

Acordo numa maca.

Outro corredor. Estou no hospital. Sei porque do lado esquerdo da minha cabeça tem uma placa que pede silêncio. Permaneço quieta. Preciso obedecer. Desconfio que tenha levado uma advertência por ter desembarcado na estação errada. Para ter certeza procuro a minha bolsa.

Tento achar meu bilhete identificador. Não há nada comigo na maca. Se tiver um carimbo no meu bilhete será o primeiro. Até hoje eu sempre respeitei as regras do metrô. Na terceira rubrica o usuário perde o direito de andar de trem durante três meses.

Três meses tristes.

♪ O tombo

Após passar mais ou menos dez minutos em silêncio, ela pergunta: "você mudou de perfume?".
Combinaram de ficar mais tempo no metrô. Era sexta-feira. Confraternização com os amigos. Ele tirou um livro de dentro da sua bolsa de couro e ficou lá, hipnotizado por um monte de palavras, uma ao lado da outra.
Ela tentou enxergar o que ele lia, mas seus óculos além de embaçados pelo calor estavam muito sujos. Ela espiou muito, mas não conseguia formar palavras com aquele tipo de letra. Se ela lesse de trás para frente, talvez.
Deram uma volta inteira no metrô. Em silêncio.
Quando voltaram à estação em que tinham embarcado, ele levantou, não se despediu e não olhou para trás.
Ficou mais um pouco no trem para observar as outras pessoas. Precisava sentir algo novo.
Começou procurando pelos sapatos. Sua mãe lhe ensinou a reconhecer um bom homem pelos calçados que ele usa.
Cansou da brincadeira. Saiu da estação e voltou pra casa de ônibus.
Quando estava muito triste preferia o ônibus porque se distraía com a rua e os prédios. Gostava muito de arquitetura. Às vezes, na tevê, lembrava de procurar um programa que contava a história das construções.

A duas quadras de sua casa, inesperadamente, o ônibus virou à direita, deduziu que sua rua devia estar obstruída por alguma razão.

O motivo não nos interessa, mas isto fez com que ela descesse dois pontos antes, numa parte desconhecida do seu bairro.

A apenas dois quarteirões de sua casa e ela simplesmente não reconhecia o lugar.

Fugia dos padrões.

Andava devagar para tentar se familiarizar e ansiosa por encontrar um ponto de referência. Uma padaria na esquina, um bar ou uma farmácia.

Viu um grupo de crianças brincando em frente a um boteco e ouvia a voz de um adulto que vinha de dentro do bar: "olha as pessoas na rua... cuidado com essa bola..." seu tom premonitório me levou ao chão.

A bola passou no meio das minhas pernas e na tentativa de dar um passo maior para me livrar do embaraço, tropecei na minha perna e desabei no chão. Senti o meu rosto se machucando ao dar de cara com o cimento da calçada. O nariz e a boca ardiam. Levantei um pouco a cabeça e vi que gotas de sangue marcavam o chão. Passei a mão primeiro no nariz porque achei que o sangue vinha de lá e então percebi que os lábios ardiam muito mais.

Uma moça apareceu com um copo d'água e eu comecei a chorar. Mais pelo susto do que pela dor.

Quando ela viu o sangue disse que colocaria sal na água para ajudar a parar o sangramento. Quase neguei o segundo copo porque estava gostando de ficar ali, recebendo atenção. Não queria que o sangue parasse.

As crianças sumiram.

Mesmo com a máquina do cotidiano funcionando, os últimos dias me ajudaram a decidir.

Nenhum interesse nas pessoas do metrô, no escritório, nos documentos, nas advertências ou no café.

Enredo que se repete.

Minha vida não tem lugar para um novo argumento.

Atores representam seus personagens.

Não podem criar novos diálogos porque o escritor não escreve mais.

Essas cenas foram dirigidas há muito tempo e o que fazemos agora é representar todos os dias o mesmo espetáculo, nossa sentença de vida.

Eu decido quando essa história acaba.

A ferida na boca está sumindo. Virou um pontinho branco no lado interno do lábio inferior. A parte que sorri. A do nariz coça. Tenho que pedir ao porteiro que amarre as minhas mãos. Tenho que sair com as mãos atadas ou corro o risco de arrancar a casca da ferida na frente dos outros. Inadequado.

Transtorno da ordem pública.

Cheguei à estação e vi uma formiga correndo nos degraus da primeira escada que desço. Desvio.

Assim que virei à direita, onde tem uma escada rolante que sobe, uma moça com um salto muito alto desviou de mim. Agora eu sou a formiga.

Dentro da estação peguei um dos meus cadernos e passo a questionar o ato de escrever.

Escrevo todos os dias há um ano por recomendação médica. Diz ele que faria minha vida melhor. Prescreveu ainda que o ideal seria a terapia, mas como minha terapeuta se aposentou, comprei meu primeiro caderno.

Ou será que o primeiro foi a mamãe que me deu?

Não lembro.

Tenho muita preguiça e tendência à desorganização no material que armazeno em casa.

Decidi escrever somente no metrô, num trecho que percorro de segunda a sexta, há dez anos. Descontam-se os períodos obrigatórios de férias e finais de semana.

Só trabalho porque mamãe mandou, ela disse que eu precisava sair de casa. Comprou uma quitinete no centro e contratou um homem que me segue. Antes disso ela me internou cinco anos em uma clínica para tratamento antimentira. Quando eu engravidei do meu pai, ela ficou com a minha filha, dizendo que aquela seria criada do seu jeito porque eu era um erro.

Mas tudo bem, nada disso me preocupa.

Eu esqueço tudo mesmo.

Da minha filha, eu lembro, às vezes, mas ela pensa que é minha irmã e gosta de mim. Ficamos sentadas na casa da mamãe vendo tevê. Ela tem o hábito de enrolar o cabelo entre os dedos médio e indicador, assim como eu.

Essas são as últimas palavras escritas no diário. Felipe leu esperando a polícia chegar ao apartamento.

Fechou os olhos para ver se acordava.

"não queremos deixar que as palavras saiam, porque aí elas também vão pertencer a outras pessoas, e isso é um perigo que não queremos correr."

Desilusões de um americano – Siri Hustvedt

♪ Epílogo

Eu duvidava até ler o seu diário. Mesmo assim poderia ser ficção. Tudo que li e disponibilizei aqui poderia não ter acontecido. Podia ser um simples exercício que ela praticava sozinha no metrô. Sozinha nas quatro estações. Quietinha. Coitadinha. Suas roupas cuidadosamente dobradas ao lado da cama. O vidro de remédios recolocado na caixa. Ela fez um serviço realmente limpo. Se você pudesse vê-la não saberia dizer se ela estava dormindo ou totalmente morta. Toquei seu rosto com meus dedos. Quase recuei pelo frio que senti. Achei que ela merecia um ultimo carinho. Fui chamado para ir ao seu apartamento no último dia de junho.

O zelador desconfiou por não vê-la durante dois dias. Laura não era de cometer atos imprevisíveis. Ela sempre agia de acordo com as regras. Não gostava de advertências.

Cansou de fingir.

Naquele domingo resolveu que iria ao cinema. Ela não frequentava cinema há mais de cinco anos. Depois que virou moda as pessoas conversarem na sala de cinema como se estivesse na sua própria casa, ela desistiu.

Passou a comprar ou alugar os filmes que queria como companhia do fim de semana.

Durante a exibição dos filmes os supervisores dos cinemas organizavam debates DURANTE a projeção do filme.

Ganhava o debate quem gritasse mais alto a sua opinião e conseguisse silenciar o restante da sala.

Não importavam muito quais argumentos eram colocados. Passados trinta segundos e ninguém replicava, o último a falar era o grande vencedor daquela sessão. Ficou impossível ver um filme no cinema. Ninguém prestava atenção ao filme.

As pessoas liam a crítica no jornal, decoravam a quantidade de estrelas que o filme recebera e ficavam lá, bem no meio da sala escancarando a sua opinião. Havia uma certa organização: só poderia ser comentado o filme que estava sendo exibido, não poderiam ser citados outros filmes como argumentos comparativos, deveria se falar muito sobre as atuações no momento e, principalmente, se o interlocutor já havia passado por situação semelhante ou ainda se as cenas apresentadas remetessem a alguém da família, amigo ou conhecido.

Na fila para comprar ingresso as pessoas concorriam ao troféu simpatia. Ninguém chegava ao caixa porque as pessoas passavam o tempo todo cedendo a vez. Senhoras e senhores tomavam o café em pé para ceder os assentos aos mais velhos. Nenhum deles queria ser o velho da fila.

Todos sorriam e agiam de modo extremamente gentil.

Ainda este ano, o projeto será implantado nos teatros, porque envolve a participação direta dos atores, mas o senador responsável pela criação do projeto prefere que os atores continuem encenando e a plateia vá comentando ao mesmo tempo.

Estão aguardando o parecer do presidente.

Laura ficava indignada com tais atitudes, mas como era muito tímida para participar dos debates e covarde para protestar, ela preferiu não ir mais ao cinema.

Ao teatro ela ainda ia até o projeto ser implantado ou porque tinha a chance de ver os atores da novela. Ela imaginava que um deles a olharia do palco, se apaixonaria instantaneamente como naquele filme e a levaria para viver no campo ou numa casa de praia que ela pudesse entrar.

Bem longe das pessoas.

Laura não sabia que as pessoas estavam em todos os lugares. Não percebia que os atores também eram pessoas. Que eles também conversavam nas salas de cinema, pagavam contas e tinham que seguir as regras também.

Laura enxergava somente o sonho. Via o que queria ver.

Sentia o que precisava, mas, na semana anterior, quando tentou se dirigir ao rapaz do metrô, finalmente entendeu que nada aconteceria.

Sua história já havia acabado.

Estava escrita. Predeterminada.

Carimbada, assinada e autenticada em três vias.

Três vias tristes.

A saída para o cinema havia irritado tanto Laura que ela desistiu do filme.

Comprou um pequeno bolo recheado de creme. Como aquele que tem dentro do sonho e coberto de morangos. Procurou as velas. Achou o número três e logo depois o zero.

Voltou pra casa e tirou do cabide o vestido vermelho. Ela o havia comprado caso surgisse uma situação especial. Dez anos se passaram e ela não conseguiu usar o vestido. Poderia ter aproveitado as festas da firma, o casamento das irmãs, a formatura da sobrinha, mas vermelho?

Ela chamaria muita atenção. Diriam que estava provocando, tentando usar uma sensualidade que não tinha.

Usava dentro de casa, quando representava pequenas peças para sua plateia imaginária e silenciosa.

Não abria nem a porta para pegar o jornal quando estava com ele.

O que os vizinhos diriam? O que o porteiro diria?

A sua mãe diria: "mulher decente não usa vermelho".

Abraçou o vestido. Como se estivesse em cena vestiu-o delicadamente.

Passou perfume, soltou e penteou os cabelos.

Procurou na bolsa a caixa de remédios que havia conseguido com o dentista simpatia. Inventou uma boa desculpa sobre "viajar e precisar de comprimidos para dormir".

Prêmio simpatia. Votaria nele se estivesse viva.

Sorriu sozinha e agradecida.

Mesmo sem os adesivos conseguiu o que queria.

Véspera do aniversário. Sexta à noite. Ela pode sair para confraternizar, fazer amigos. Foi conhecer um bar muito famoso por satisfazer necessidades de seus clientes.

Nesse estabelecimento encontram-se salas de todos os tipos. Para fazer amigos, encontrar marido ou mulher, um contador para te ajudar a refazer o orçamento de casa, advogados que sanam todas as dúvidas jurídicas.

Padres, políticos e atletas têm saletas individuais para discutir os assuntos respectivos.

Se tivesse tempo escolheria uma dessas. Dizem que são muito divertidas.

Mas ela só foi atrás de sexo mesmo. Demorou para achar uma sala que desse pra entrar. Quando estava quase desistindo viu um rapaz sozinho sentado numa mesinha de canto que dedicava muita atenção ao seu copo. Ele não parecia nada com Lucas, mas Laura fingiu que era ele, tinha urgência, queria evitar o trabalho de ter que procurar mais. O vestido era apertado e os sapatos muito altos machucavam seus dedos.

Sentou-se ao seu lado e tentou sorrir com os dois lados inferiores dos lábios. Teve dificuldades.

Sem o espelho tinha problemas para reproduzir o que chamavam de sorriso.

Ele murmurou algo olhando para o copo e, simultaneamente, uma moça chegou sorrindo para ele. Sua acompanhante devia ter ido ao banheiro e estava retornando.

Laura se levantou, pegou um guardanapo e fingiu limpar a mesa. Pediu desculpas numa língua que só ela entendia.

O casal ficou rindo. Eles riam juntos.

O rapaz era um estúpido. As mesas possuem um dispositivo oval com duas cores: vermelho e verde, como aqueles de churrascaria. Se está verde é obvio que você pode se aproximar e vermelho o contrário. O aparelho do rapaz estava no verde, enquanto sua dama foi ao banheiro ele se distraiu e não reparou no seu erro.

Enquanto fingia que limpava a mesa e sorria com os dois lados inferiores do lábio, Laura aproveitou e colocou o aparelhinho do lado certo.

Finalmente conseguiu uma mesa.

Sentou na posição que se lembrou de algum filme.

Acendeu o cigarro e tentou parecer sedutora.

Uma presa se aproxima. Laura sorri.

Eles bebem. Ela representa muito bem o seu papel.

Grand finale.

Puxa o senhor pelo braço.

Encaminha-o gentilmente para fora do bar. Faz sinal para um táxi. Em quinze minutos estão no apartamento dela.

Ele é falante, alegre e simpático, nem percebe que ela não entende o que ele diz.

Ela sorri e concorda com a cabeça.

Lembra-se da aranha.

Agarra seu braço com força, demonstra suas intenções.

Dentro do apartamento avança com ele em direção à cama. Ele se espanta com sua praticidade. Fala algo sobre beber, conversar um pouco mais ou ver um pouco de tevê.

Laura não entende.

Tem pressa.

No criado-mudo o relógio rosa marca "cinco para a meia-noite".

Trinta anos tristes.

Tira as roupas íntimas primeiro. Laura ao contrário. Quer ficar com o vestido vermelho.

Verifica os comprimidos e o pequeno jarro ao lado do pequeno relógio.

Laura deita por cima dele, beija sua boca devagar.

Sente ânsia por estar tão próxima a um homem novamente.

Quinze anos se passaram.

Ele tem cheiro de homem. Sente o estômago doer. Ele empurra sua cabeça em direção ao seu pau. Laura sente que vai desmaiar. Engasga. Senta na beira da cama e começa a tossir. A tosse lhe provoca mais enjoo. Corre para o banheiro. O homem se levanta e vai atrás dela. Grita alguma coisa com cara de bravo. Ajoelhada Laura vomita na privada. Sente um soco em suas costas. Vira para se defender. Ele dá um tapa bem no meio de seu rosto. Laura cai no chão do banheiro. Sente algo quente no nariz. Passa a mão e vê o sangue quente. O homem desaparece.

Ela acha que foi um sonho.

Volta para a cama e retira o vestido vermelho.

Dobra-o cuidadosamente porque amanhã é seu aniversário.

Podia ir trabalhar com ele. Deixaria a supervisora doente de tanta inveja.

Deita olhando para o teto. Ajeita os travesseiros. Abre a primeira caixa de comprimidos. Lembra de quando era criança e brincava de suicídio. Enfileirava dez feijões e tomava, um por um, imaginando seu velório.

"Laurinha querida tão boazinha quietinha doentinha companheira sensível boa amiga."

Fecha os olhos. A dor de estômago piora. Suas costas doem. Faz um carinho no rosto e tenta sorrir, mas todos os lados de seus lábios estão machucados.

Enjoa com o gosto do remédio. Toma mais uma caixa. Vira na cama com a barriga pra baixo. Cansou de ter pesadelos.

Canta baixinho "parabéns pra você...".

Os últimos dez anos eu passei seguindo Laura. Era um trabalho, mas eu a admirava. Sentia prazer em passar a maior parte do meu dia atrás dela.

Agora que ela se foi vago pelas estações do metrô, observo as pessoas, olho seus sapatos, ouço suas conversas e invento cenas para suas vidas. Me alimento do outro. Me sirvo da indiferença, desprezo, preconceito, felicidade, rotina e paladar. Sou alimentado pelas vidas que giram ao meu redor. Assim como Laura, também temo o toque.

Até que hoje eu a conheci.

Ela entrou no metrô de forma insegura, olhando para o chão. Procurou um canto. Abaixou a cabeça, abriu a bolsa e retirou um caderno pequeno...

Laura fecha o livro.

Escolheu pela capa.
Levanta a cabeça e pela janela vê mamãe chegar.
Dia de visita.
Mamãe traz chá, café, bolo e biscoitos.
Biscoitos recheados.
Mamãe perguntou se queria que trouxesse algo.
Pediu minisonhos.
Espera que ela não tenha esquecido.

Ri sozinha.

fim

Este livro foi impresso pela Prol Editora Gráfica para a Editora Prumo Ltda.